中公文庫

談志受け咄

家元を笑わせた男たち

立川談志

中央公論新社

目次

談志受け咄　家元を笑わせた男たち

任俠受け咄

落田八郎は談志《わたし》と同《おな》い歳《どし》だから、昭和の御世《みよ》は十一年の生まれで、ねずみ年。彼の肥満《ふと》った赤ら顔を見れば、〝ああ、あの人は肝臓が悪いな〟と大人なら誰でもそう思うはず。

職業は別にない。つまり遊び人、いや違う、現代ではヤクザという。これも違う、正式の名称は暴力団の組員で、しかも大幹部である。

彼独特の、口の端《はし》で息を〝スーッ〟と音を立てて吸いながら、早口で話す下町《したまち》弁は、東京生まれの私でも三分の一は判別《わから》ない。わからないから前後のつながりで判断している。

「スッ、スッ、シッ、師匠、ヨォ」とくる。

「なんだい、落田さん」と、相手はなによりも名誉とプライドを尊ぶあの稼業のお人ゆえ、私もさん付けで返すが、酒が入れば、「落っちゃん」になり「八っちゃん」になる。だが相手はなんせ律儀で、「談ちゃん」でもなければ、「あんた」でもなく、終始「シッ、師匠ォ」のままである。

「スッ、スッ、シッ、シッ、師匠、聞いてヨォ。ネー近頃の若ェのはどうしようもねェな」

「なにが」

「いやネ、すぐ逃げだすからヨォ。稼業《あし》を洗えねェように入墨《すみ》でも入れさせりゃァなんとかなるかと思ったからヨ、金ェやって、〝彫《ほ》ってこい〟〝入墨《い》れて来な〟っていったらヨォ、なんと胸にヨォ、インディアン彫ってきちまいやがった」

これには笑いの家元も引っくり返った。

「イキなもんだ……」である。

「イキじゃァ、ねェスよ、師匠ォ、なんとか言って下さいヨォ」

と、寿司屋での会話だ。

ついでにいうとこの落田氏は、どこにいっても勘定《はらい》を私にさせたことがない。

そればかりか、私の弟子にも車代をくれるし、伜奴《せがれめ》に破格の小遣いもくれた。

「いいスよ、いいスよ」と照れまくって、どう返そうとしても受けとらないばかりか、すべてに気を遣う、いや遣いすぎる。まるで落語『宮戸川』の叔父さんだ。

「いいヨォ。弟子なんぞに要らないヨ。そんなに稼いでる訳じゃないだろうし、その分また、堅気が泣くんじゃねェのかい」

「なにいってるんですヨ。スッ、シッ、師匠、変な事を言わないでくださいヨォ」

〝そんなことはしてませんヨ〟と言うが、本当にしていないように思えるのである。それだけに、当方えらく気を遣うのだが、これまたその上に気を遣って、こっちを困らせ、黙らせる。

おっと、寿司屋の話の続きだ。

「事務所に入ったらネ、若ェのが大《で》けえ顔して椅子にふんぞり返って、机の上に足ィ載せやがって、電話掛けてんだヨ。天丼取ってんだヨ、〝天丼二丁〟だってヨ。それは、まあいいヨ、ところがこのバカ、なんと、〝上新香《じょうしんこ》をつけろ〟だとヨ。頭ァ来たヨ、現代《いま》の若ェバカは……」

いい話だ。けっして作り咄《ばなし》や受け咄ではない。「天丼は許すが上新香は許せねェ」。この了見が、落田八郎の真骨頂なのである。その上凄いのは、それをどこかで楽しんでいるように思えることだ。早い話、談志《わたし》に受けさせて楽しんでいるのである。彼の咄を一番受けるセンスの持ち主、喜ぶ客、それが私なのだろう。つまり談志を客に選びやがったんだ。

勿論最初《はな》から、それらが理解《わか》ったわけではない、まして相手は、あの稼業のお人でもあったし……。ところがなにかと縁が深くなるうちに、私は彼のセンスに惚れた。早い話が私のほうが見染めたのである。

彼は私の笑いの宝箱であって、酔ってその宝箱に勘定を払わせて、いや払ってもらって別れて帰る私の寂しさ、済まなさ、「落っちゃんワルいなあ」とじわっとくる気持ちを、どう返してあげればいいのか……。

「女をヨォ、高勢《たかせ》につれてってたんだヨ」

「高ェ寿司屋《みせ》ェつれてったネ、ヤクザのプライドかネ」

「そうじゃねェっスよ、いいじゃねェっスか」

「ま、いいけどネ、で何んだい」

「こいつがさ、飲むだけ飲みやがって喰いやがって、それも鮑《あわび》とか、ウニとか、高ェもんをパクパク喰いやがって……喰うのはいいけどヨォ、帰りに出口のところで全部吐きやがったヨ」

と、この寿司屋の話も寿司屋でのハナシ。

会うと「ネェ師匠、なにか喰いましょうヨ」ときて、

「じゃあ寿司屋」。いつもいつでも寿司屋ばかりで、フランス料理はおろか、レストランにも入ったことがない。

といっても別に着流しの、二昔《ふたむかし》前の東映路線のお哥《あに》いさんの了見・スタイルはどこにもない。だが、なぜかいつも寿司屋の、それもカウンターで、嫌々付き合ってるとしか見えない飲みっ振りのウイスキーの水割り。つまむ肴は、せいぜい当時流行《はや》りだした大根の若芽、つまり「カイワレ」である。トロや貝類どころか、白身にも手を出さない。偏食なのか、いや食事《くち》が綺麗なのだ。

つまり、寿司屋にとっては上客で、悪く言やァ、鴨である。

そういえば彼が泥酔《ベロ》になったり、絡《から》んだり乱れたり、助平になったのをみたことがない。

「落っちゃんは、あまり悪酔いをしないネ」

「この稼業はネ、いつも、そこに上の人が居たからね、酒を殺してるんだヨ」

とは身体に悪いこっちゃ、であるし、勝手気儘に飲み、喋り、騒ぎ、怒鳴り、喧嘩を売って、ベロベロの毎日だった私は一体彼に何と言えばいいのだろう。

まさか、「俺みたいになっちまえよ」とも言えないしねェ……。

書き忘れたが、落田八郎と立川談志は、はや二十数年来の友人である。

一般的にいえば、芸能人と暴力団の癒着であるが、その前は政治家と有権者の間柄だった。

いや冗談、冗談……でも本当だ。

「師匠ォ、家を買って下さいヨ」ときたネ。

「何んだい、いきなり家って」

「いえネ、尾久《おぐ》のある所にネ、土地があるんですがネ、私道を通らねェと、その土地に行けねェんスよ」

「……で……」

「でねェ、その私道を持っている婆ァに、〝奥の土地も買え〟って言ったら、金ェ持ってるくせに、叩いてきやがったヨ、生意気にィ。〝この野郎〟って脅かしたら、婆ァ、こっちの足元をみやがったネ。平っちゃらで、〝警察を呼ぶ〟ってやんのヨ」

「警察はヤバいかネ」

「ヤバいヨォ、警察はいけねェスよ」

「……で……」

「師匠が買ってくれれば、次の奴に売りいいんだヨ。ちゃんと礼もしますがネ」

「俺ネ、キザだけど、手前ェの身体で稼ぐ仕事以外の金もうけに、興味ねェんだヨ。よくないことだと思ってるしネ」

「じゃあ、いいっスけどネ」

とあっさりしたもんだ。

十日ばかりたって会った。

「ほらよォ、あの尾久の土地どうなった」

「ああ、あれな、婆ァ癪《しゃく》だから、あそこに豚ァ飼っちゃった……」

囲いを作って豚を十匹ばかり飼ってる、という。嫌がらせには違いはないが、凄い発想だ。豚を飼うとは恐れ入った。

「まわりでうるせえってヨ」と、すましたもんだ。

「いいのかネ」

「知らねェスヨ」

「ハーン、豚の食い物は？　エサは？」

「若ェのがやってんだろ」

〝現在《いま》の若ェ衆はだらしがない〟といい〝駄目だ〟という落田八郎、その若い衆は毎日婆ぁへの面当てに豚のエサを運ばされているそうな。

さぞかし、トンだことだとブウブウ言ってるだろう……とはまずい洒落だ。

落っちゃんの生い立ちをちょいと一席。両親はちゃんと居る、いや、ちゃんと居た。親父は田地《でんち》田畑《でんばた》を先祖から受けついだ地主様で、その地は野州《やしゅう》の宇都宮、いまや時代が変わって、その土地は落田団地といい、「落田団地前」というバス停があるのである。落っちゃん自身は東京は根津の生まれ、というから、その頃、両親は東京に住んでいたのだろう。八人兄弟の末っ子で、欠けた兄妹は二人ばかりいるものの、落っちゃんを除いた他は、落っちゃんの口調を借りれば「半端じゃねェスよ」で、皆優秀でキチンとしている。

したがって名前の如く、落田八郎《おちたやろう》の落っちゃんだけが落ちこぼれで、わかりやすくいえば、売れてないビートたけしみたいなもの。あ奴とて売れたから、頭がいいの、シャイの、天才（?）のと言われてはいるが、ひとつ間違えば落ちこぼれであったことは確実で、逆に、違うほうに間違って、ああなっただけで、落っちゃんとたいして違わない。いやこれは落っちゃんに失礼だ。なにせ、この人はあの世界の大幹部、『その男、凶暴につき』は、こっちが家元、本家である。

落っちゃん御歳《おんとし》七歳のときに、父親は身罷《みまか》った、いや落っちゃん曰《いわ》ク、〝くたばった〟と照れた。

書き忘れたが、この落っちゃんは、なんと幼年時代に、幼稚園に通っていたのである。

幼稚園にいっていた、などといっても現代《いま》の人はなんとも感じないだろうが、その頃、幼稚園にいったのは、金持ちの子どもか、バカか、ひ弱な子、ときまっていた。落っちゃんは金持ちの子だったのである。現代《いま》じゃ日本中、金持ちとひ弱なガキばかりだから、当然、全部が幼稚園に行く。第一その頃子ども用というものはなかった。自転車一つとっても、子どもはおとなの自転車を、足が届かないから、〝三角乗り〟という乗り方をしたし、やっと足が届く奴はその足を右に左に移動させて漕いでいた。で、金持ちで、ひ弱なガキに、金持ちの親は子ども用の自転車を買い与えたが、それらは並みの子どもにとって、羨望の的ではあったが、軽蔑の対象にもなったっけ……。

東京生まれの下町育ちも、戦争《いくさ》のあいだは田舎に逃げた。つまり疎開《そかい》である。宇都宮の父の実家に戻ったのだから、縁故《えんこ》疎開である。

その頃、疎開にも二《ふた》種類あって、曰く、縁故疎開という、縁故を頼って東京を去るのと、学校ごと、学級ごと、両親《おや》から離れて地方の家や寺に分散させられて、その昔の寺子屋みたいな場所で生活をする集団疎開とがあった。勿論、東京の小学校は全面的に休校となっていたし、中学校も同様である。

なかには、敵B29の大空襲で〝燃えると危険だから〟という政府の命令で、ある地域の家を壊すということもあった。それを、そのものズバリ、強制疎開という。さぞかしその家の家族は悲しかったろう。わが家だか借家だか知らねども、己れの住んでいる家を、目の前で壊されるのだ。家族にとって、世の中にこんな悲しいことはあるまい……。私もその現場をみて、子ども心に涙が出た。

　縁故疎開と集団疎開、どちらがよかったのか。

　それぞれに親から離れる悲しさはあるが、縁故はなにせ縁故である。集団疎開は、まったく未知の村にいったのである。ましてその未知の村が、私が縁故疎開した埼玉は深谷のように、ネギしかとれない、食料事情のとりわけ悪かった土地の場合には、集団疎開の子どもたちは飢えに飢えて、みるみる骨と皮になり、かのビアフラの子らのようになった。面会にきて子どものあまりの衰弱ぶりに、東京の危険もなにもあるものか、即座に連れ帰った親もいたことを私は知っている。

　だが、ほとんどは生命《いのち》の危険を第一にしたから、そこに残された子ども等は、村の子に、都会っ子というだけで苛《いじ》められ、ただでさえ少ない食料を先生にピンはねされ、親がくれたエビオスというビールの滓《かす》の薬（？）を唯一の美味き菓子とし、粉ハミガキを喰い、まったく餓鬼そのままであった。

　もっとも、それをみている縁故疎開の私とて、たいした違いがあったわけではない。預けられた親類の家そのものが飢えていた。ましてその食べ物を都会の縁故者に分けねばならぬ不満、長年、田舎者扱いした都会の子に対する劣等感からの苛め……、あの百姓共の陰湿さは忘れない。

勿論、それが本当《ナマ》の人間の姿であったろうが、なかにはアンネ・フランクにおけるが如く、神に近いぐらいの行為をしてくれた先生、人たちもいたはずだ。いや、いねェな……。

ま、それはそれ、落っちゃんである。

講談でいうなら、〝その間、別に変わった話もなく……〟と、こうなり、〝こ奴将来《いまに》とんでもねェワルになる〟でもなければ、〝よく喧嘩する子ども〟でもなかった。

田舎だから、そばに豚もいたろうが、まだ、それをイヤガラセに使う発想はなかったらしい。

私は敗戦を埼玉県は深谷の町で迎えた。日本は負け戦を終戦と呼ばせた。またそう呼びたかったのである。

その前は終戦ともいわず、武装解除といったもんだ。

「あーあ、今日から空襲がなくなる、あのサイレンがなくなる、ぐっすり眠れる」というのが終戦の実感で、私は小学校の三年生であった。

芋ばかり喰わされていた想い出しかないから、私にとってジャガ芋ほど嫌いなものはない。Ｂ29よりも敵であった。「本当に腹が減ったらなんでも美味い」というのは嘘だ。どう腹が減っても、不味《まず》いものは不味い。もっともそれは究極的な飢えではなかったろうが……。

ついでにもう一言。あの水っぽいジャガ芋が、こんなに美味い「メイクイン」と「男爵」になるとは思えない。あれは別の食べ物だ、と思っている。その別の食べ物は美味い、最高に美味い。

東京では毎日何百人という餓死者が出ていると新聞にあった。直接記事を読んだわけではないのだが、そう思っていたし、縁故者もそういっていた。「だから、まだ帰らないほうがいいヨ……」ともいってくれた。

結局、戦に負けてからも田舎（その頃深谷は田舎であった）にいた。

東京の学校に戻ったとき、同級生の近所の子は私に、

「キミは、べェ、べェ、って、べェばかり、いうネ」

この「キミ」という言葉、「ばかり」という東京弁が何と新鮮に感じられたことか。ちなみに上州弁では、「キミは嘘ばかり言ってるネ」は「てェー、あいつァ、空《そら》っことべェ、言ってるン」とこうなる。

私の話がながすぎた。

主人公、落田八郎少年も、私同様、田舎から一年そこそこで東京は根津の実家に帰ってきた。

「芝で生まれて神田で育ち」とある江戸っ子の自慢の地は、日本橋・深川と共に、すべて焼き払われていたが、不思議と、上野の山陰《やまかげ》の根津は焼け残った。上野の森の寺社を焼いてはいかんというアメリカの計算か、谷中という地名通り谷間《あい》の地が幸いしたのか、とにかく助かった。

根津の権現様は昔ながらの佇《たたずま》いをひっそりと誇り、昔のままの家並《やなみ》の軒下に植木を置き、その植木は、鬼灯市《ほおずきいち》、朝顔市から下げて帰った、下町の四季の香りである。

この街の店々には昔のままの東京の下町が生きている。

　露地の細道通りゃんせ
　　横丁のお茶屋《ちゃや》にお茶買いに
　露地は夕顔咲きかかり
　　斜にちょいと除け、通りゃんせ

という童謡か、はたまた童歌《わらべうた》か、を覚えているが、それ、そのままが今日《いま》に残る。

豆腐屋、煮豆屋、牛乳屋、洗濯屋、紙屋、表具屋など、そのままの姿だし、銭湯も多い。

いまでは「文豪の街」というフレーズでTVで売り出している。

この露地の居酒屋で酔い、そこに居た女優の池波志乃に、和服で蛇の目で露地を送られたことがあった。これまた、昔のままの絵であった。

残念なことは、この俺様が何とジーンズ姿だったのである。

その根津、根津権現に住む少年八郎は、地元の中学から、名門上野高校に入るのだが、曰く新制中学という名の六三制の義務教育で、街に風情《ふぜい》はあっても、風情なんざあ少年の興味の対象になるわけがない。

まして教育の基本・根本が鬼畜米英から民主主義にガラリと変わった、ときたもんだ。満員の買い出し列車の中で「押すな押すなバカ野郎、民主主義じゃァねェか」「そんな事言ったってしょうがねェ、もっとつめろよ、民主主義だろ」と、本気で怒鳴り合った、あの頃の世相だ。無意識ではあったろうが、どこかの意識の中に「大人は信じられない」という心が生まれないはずはない。ついでに教育も、国も、天皇も、であったろう。

心が荒《すさ》んで当たり前だ。

まして根津は上野の裏だし、すべての価値観が引っくり返った世の中、食べ物とて満足にはほど遠く、その地で、育ち盛り、喰い盛り、を過ごす東京っ子に、愚連《ぐれ》るなといっても無理かも知れない。

一口にいやあ、だいたい親の言う事を聞いているガキにロクな奴ァいないのである。両親《おや》にとって「いい子」とは自分に都合のいい子供のことなのだから……。

ただ、私の場合は、東京のはずれは多摩川という、田舎の川っ渕《ぷち》、「鵜《う》の木《き》」などという誰も知らないチンケな町でその頃を迎えたから、早い話、かっこのいい哥《にい》さんをみた事がなかった。東京急行電鉄株式会社目蒲《めかま》線という、二両連結で、市電に毛の生えた如き乗り物が止まる、マッチ箱のような、掘っ立て小屋の駅にたむろしていた、野暮で、間抜けな田舎のあンちゃんたちをみてた日にゃあ、バカバカしくって、チンピラだけにはなりたくない、愚連隊だけはご勘弁、であった。何せ、この坊や、後に立川談志になるのだから……。

私にくらべて落っちゃんの育った上野は、新橋《ばしん》、浅草《えんこ》、銀座《ざぎん》に池袋《ぶくろ》、渋谷《ぶや》と並ぶ、いや並ぶどころか、日本の表玄関をひかえたあこがれの街、上野《のがみ》であった。

浮浪者、売春《バンバン》、男娼《かま》に、チャリンコ《こどものスリ》、ポン中に成金、ヤミ屋に学生《せいがく》、不良にチンピラ、それこそ人生の坩堝《るつぼ》、生死ギリギリの活気が渦巻いていた。

〝活《い》き馬の目を抜く〟上野はなんと魅惑の場所であったろう。

田舎者の私には、上野の山なんざあ怖くて恐ろしくて、昼間とて行けるところではなかった。なにせ、実態を視察に出かけた警視総監が、上野の山の男娼に袋叩きにあった、という記事が新聞にデカデカと紹介された時節であり、土地であった。

落っちゃん、小学校、中学と、浪花節の文句ではないが、〽途中何の話もなく……、といきたいが、〝とんでもハップン、駅まで十分〟……と、これもその頃流行った文句《フレーズ》。

中学二年で吉原に……これ自体は別にその頃はたいしたことでもない。

ま、中二というのは、ちと早いが、身体が大きければ平気もいいとこ、素見《ひやかし》に歩いてると、いい大人たちも、目的は同じだから気安いもんで、

「坊や、また来てるネ、好きだネ」

「おじさんも助平だな」

と、ごく仲がいい。

動物とてもその通り。オアシスで、腹一杯で水ぅ飲んでるときは、ライオンもキリンも喰い合わないそうな……。腹一杯のくせに、ライオンとキリンが喰い合ってるのはビール会社ぐらいなもんだ。ちなみに私は十七歳の春だった。(何がちなみだ……)

「馴染《なじ》みは居なかったスよ、最初《はな》はふるえましたヨォ」「四、五人でいったすヨォ」「相手の名前も顔も覚えてねェスよ」「いや、不味い顔《つら》だったスよ、色は白かったがネ……」

と、この程度がご当人のご感想。

相手は売り物買い物、あの戦後のドサクサだ、中学生が女郎屋に登楼《あが》るなんざぁそれほ

どのことに非ずで、ワルいことでもサラ〳〵ない。まして落っちゃんは、吉原《みせ》の勘定を踏み倒したり、喧嘩、傷害もなかったから、ごく普通の客であった。ところがあの廓《さと》に通っていると、その普通の客が普通の人でなくなってくる。つまり味は覚えたが金が続かない……とよくあるケース。

そこで、どうする、となるのだが、その間《かん》にも月日は過ぎるから、いつまでも中学生では居られない。中学の次、つまり高校と進むのが普通の客だ、いや生徒だ。

次に進んだ高校が、〝蝗《いなご》の小便、田ぃしたもんだ〟。半端じゃ入れない東京は下町の名門、上野高校に「〝普通にしていて〟入ったのだから、」頭ァいい。実に平凡な表現だ。

「高校に入ってからネ、お袋は、よく先生に玉子なんか差し入れてたスヨ」

差し入れはいい、間違っていない。たしかに、差し入れだ。

〝親の心、子知らず〟とはよく言ったものだが、そんなことは子どもだって知ってるんだ。知ってはいるが、親の望むようにならないのが子どもで、思うようになる子どもを素直な子というなら、それは親の勝手な言い分だ。

母親《おや》は先生サマに、玉子を持って、〝倅をよろしく〟と頼んでいたが、その倅は女学生の強姦の味と方法《やりかた》をすっかり覚えてしまっていた。

「最初《はな》は皆んなで姦《や》るんだヨ、輪姦《まわし》だヨ、押さえつけてな、俺が一番先き……一番乗りだ」

つまり落っちゃんは番長なのだ。別に空手も柔術《やわら》も拳闘も習ったわけではないし、とくに強かったわけでもないが、何故《なぜ》か番長。「栴檀《せんだん》は双葉より芳し」どこか魅力があったのだろう。

「味なんてわからねェスよ、ギャア〳〵騒ぐけど、すぐおとなしくなりますヨォ、ちょいと強情《きつ》い奴ァ自動車《くるま》で立川か八王子あたりに連れてけば、もう相手はあきらめますヨ、都会の女は田舎に弱いんスね……」ときた。

田舎の女を都会につれてきて誘惑するってえ話は聞いたが、都会の女を田舎につれていくってのは、私しゃ落っちゃんが初めてであった。

でも、なぁる程ォ……でもあった。

こんなヤバい事が発覚《ばれ》ない事はない。勿論バレた。輪姦《やら》れた娘が親に喋ったか、自然にわかっちまったか、親は学校に事件を報告、ときたのは当たり前だ。

「バレないと思ってたのかい」

「ウーン、まあ、いろ〳〵あらぁね……」

と、答えになってない。この言葉、死んだ東京ぼん太を想い出したね。結局、玉子の差し入れは効かなかった。

ここで小生の解説。「生卵で輪姦が治まるわけないじゃあねェか」と、おおせだろうが、そのころ、つまり具体的には昭和二十四年にあった事件で、ある泥棒がジャガ芋畑に盗みに入り、四個盗んで捕まった。この刑の判決が懲役三年。

作物を盗られちゃあいけないと、まわりに電線を張り、電流を通していた畑に、忍び入ろうとして電流に触れ、感電死した盗人がいたが、感電死させた奴の刑は、なんと懲役二年であった。これ本当の話。

上野の地下道で餓死する人間がいくらもいた頃である。玉子の効果がもしあっても不思議ではない。けど、くどいようだが駄目だった。

でも落っちゃんの名誉のためにも書いておくが、彼八郎は輪姦ばかりで暮らしていた訳ではない。

学校こそサボり、勉強こそしなかったが、もういっぱしの愚連隊で、刀《ドス》は高くて買えないからノコギリの折りたたみを武器にパン屋を脅かし、

「こらぁ、親父、もっとこのパンにジャムをつけろ」

等の悪事を働いていた。

世の中、悪事でも「働く」という。レーニンもいっている、「働かざる者は食うべから

ず」

小遣い稼ぎは上野公園でチクロパンの販売、勿論ヤクザが持ってくる品物《ブツ》だ。チクロパンてのは、ジャムパンと違ってパン屋で売っていない。わかりやすく説明すると、女性が堕胎《おろ》すときに使う眠り薬で、一発で効く。打って二秒くらいで、コトンといっちまう。時には打ちながら眠っちまうので、血が流れ出て死んじまう奴もいた。で、こればかりは他人に打ってもらうに限る。私も経験があるが、プツッ、スー、である。ほんの二秒の快楽だ。しばらくすると、しばらくとは二十分くらいか、キョトンと目が覚める。そこでまた追い打ちとなる。これがスタンダード。（何がスタンダードだ）

さて輪姦《まわし》の一件である。

結果は落田生徒のみ退学、あと一人停学、残りはお咎《とが》めなし、だったというが、後年の「仁義の男一匹」だ。罪を背負《しょ》ったに違いない。また、そうこなくちゃ面白くない。

「ねぇ、お母さん」と少年課の刑事。呼び出された母親に、「この子はネ、まだ、治ってませんヨ」と腕の針の跡をみせていった。

なにせ、あの頃はヒロポン全盛だ。私の落語界入門の昭和二十七年は最盛期で、前座の頃、街の薬局で普通に売っていたのを、買いにいかされたこともあったし、当時の落語界の最高峰、名人桂文楽を始め師匠がた、お歴々も打っていた。寄席《よせ》の楽屋は血管ではなく、皮下注射。〽皮下注射可愛いや、別れの辛さ……って洒落があった。

楽屋の火鉢の中は、灰よりヒロポンの空《から》アンプルのほうが多く、空アンプルの中に火が熾《おこ》っていたくらい、の大盛況。

中でも王様は、ご存じ〝池之端の師匠〟こと柳家三亀松《みきまつ》で、一升瓶にヒロポンを入れ
「お前は、何合ぐらい打つんだい」ときた。

飼っていた猿に打ったり、釣った魚に打ったりもしていた。あれ他人に打ちたくなるもんだ、ともその頃聞いたが、他猿、他魚にも打ちたくなるものかしら……。

「南無妙法蓮華経、南無妙法蓮華経」とお題目唱えながら打っていた桜川ぴん助。二の腕が針でカチカチになった筋肉に「エイヤア」とかけ声をかけて針を打ち込んでた鈴々舎《れいれいしゃ》馬風等々、目に浮かぶ。

O少年も、……いまさらO少年もないが、彼は少年らしくスポーツ好きで、とくに野球が大好きだった。
「あのネ、あれ打ってやってるとネ、とても捕れる球じゃあないのを捕るネ」

野球の場合は、自軍も相手も含めて、他人が多く見ているのだから妄想ではない。本当

に難しい打球を捕球するのだ。これも実際にあり得ることだ。私が保証する。嫌《や》な保証だ。ところが、人間の身体にゃ抗体があるから、すぐ慣れる。慣れりゃあ薬は効かなくなるから量が増える。つまり悪循環。でO少年、常に己れは〝誰かに狙われている〟という、この薬特有の幻覚幻聴におそわれて、屋根から屋根へと飛び歩き、恐ろしさのあまりに交番にかけ込んだ。つまり自首した。

　したがって、退校の件は表面《おもて》むきは強姦退学だが、その実はポン中事件であって、これだけのことをやった前科を日本の警察が知らぬはずはない。

　そこで最前の刑事とO少年の母親の会話に繋がる。

「うちの母親《おや》に言いやがったんだ。〝この子はまだ治ってませんヨ、私の知ってる、これを治す、いい学校がありますから転校させたらどうですか〟とね。母親《おや》ァ、そのまんま受け取って、じゃあ、よろしくお願いしますって、判を押しちゃったから、もうそれまでヨ」

「どこの学校さ」

「何言ってんだい、何聞いてんだい、少年院だヨ、練馬少年鑑別所《ねりかん》ヨ」

　身から出ましたサビとかや

とうとう浅草《えんこ》でパクられて
手錠かけられ意見され
着いた処は裁判所

検事判事のお調べに
付いた罪名《つみな》が強姦罪
廊下に響く下足《げそ》の音
地獄極楽　別れ道

青いバスに乗せられて
揺られ揺られて行く先は
その名も高い練馬区の
東京少年鑑別所

「練鑑ブルース」という名曲にある通り、O少年はからずも、いや謀《はか》られて、練馬少年鑑別所《ねりかん》送り。

　もっとも正確にいえば、O少年は練馬ではなく、多摩少年院という場所《ところ》に「入学」した。いや「入院」というべきか。

　これまた名高い多摩少年院は、ネリカンより一段と品がいい学校（？）と落っちゃん、いや、O少年の弁だ。

「食事係をやってたんスよ。あれネ、成績のいいのが廻されるんスよ」

　とは軍隊と同様だから、規律の基本は軍隊にあるのだろう。

「でネ、この食事《めし》に使う玉子をくすねて、売りに行くんスよ」

「表に出られるの」

「出られますヨ」

「誰が買うの」

「近所の百姓スよ。この百姓奴《め》、こっちの足元をみて、叩きやがるんだ。弱いものいじめで腹が立つスよ、非道《ひで》ェもんですヨ」

「警察に告《い》うわけにもいかないしネ」

「当たり前っスよ」

　その頃の鶏卵《たまご》の何と魅力のあったことか。私は己れの年代をタマゴ・エイジといっている。卵、玉子、鶏卵《たまご》ォ、なんという美しき形、その味覚は天国である。普通の家ではめったに食べられない貴重品だった。

三日に一度、五日に一度、それを食べるときの嬉しさは、醤油《したじ》を多く入れて、ご飯何杯にも、何杯にも、かけるのである。それも兄弟で分けて……。

我家も一羽か二羽か、鶏を飼っていた。それが数日に一個ぐらいの玉子を産む。現代《いま》のブロイラー等の量産など、とても思いもよらぬ時代だ。

その数日に一度の新鮮なる珍味を一個ご飯にかけて父親は食う。

何ともうらやましく、たまりかねて、ある日私はいった。

「ねぇ、かあちゃん、俺にも玉子くれない？」

母親の返事は忘れない。

「バカ、父ちゃんは働いてんだヨ」

頭をガツンとゲンノウで叩かれた思いだった。

「そうか、父ちゃんは働いてるんだ。よし俺も大きくなったら働いて、玉子を腹一杯食ってやる……」と子ども心に誓ったものだ。

ところが、現代《いま》やこの玉子の安いのなんの、高度経済成長、すべての物が揃い、収入も物価も上がっても、玉子だけは値が上がらないのである。嗚呼、嗚呼、嗚呼、嗚呼無情也人生。

その宝物が食べられるのが年に二度の遠足。遠足の楽しみは、誰が何といおうと、茹《うで》卵《たまご》の数である。〝俺は五個〟いや〝俺は六個〟と母親の愛の確認がそこにあったのだ。リュックサックから出して食べる、殻の割れた茹卵の味覚《あじ》は、いまだに忘れない。いまでも大好物である。オムレツなんざあ、及びもつかない。玉子とは「生玉子」か「茹卵」、そして味噌汁に入れたあのトロけるようなミックスの味。

現代《いま》じゃあ「卵料理の数々……」なんて当たり前のように書く料理家のバカ共に腹が立つ。恐れを知らぬあ奴等は、きっと近々地獄に落ちるはずだ。

玉子を軽くみる奴ァ大嫌いだ。

落っちゃんは、少年院は一回だけで卒業（？）した。それも真面目な特待生としてである。

落っちゃんが人生をはぐくまれたこの場所は、犯罪の質、少年の年齢によって初等、中等、特別少年院、俗に特少と区分けがあり、中等は最低一年、特別となると湘南は久里浜や、水戸と、いろいろあるが、別に区分けやシステムを紹介しても始まらない。

その頃の、その内容をどうしても識りたかったら、羽仁進《はにすすむ》の「不良少年」という傑作映画を観ればいい。

少年院を出りゃあ、そこ〳〵の顔だ。娑婆は自由な風が吹いている。現代のように、暴力も、差別も、言論のへったくれもない。

「なんだ、この野郎、文句あんのかヨォ」

であり、

「ナニカ、モンクアルナラ、チムショ、コイ」

と第三国人と言われた朝鮮人の全盛でもあった。

落っちゃん、またぞろ輪姦《まわし》と恐喝《かつあげ》の日々。

「そのヨォ、相手の女の家の窓の下にいってヨォ、ピイ、ピイ、ピイ……って口笛を吹くんだヨ」

「出てくるかい、女は」

「出てくるわけねェスよ」

「じゃ、なんで口笛吹くんだい」

「かっこ、つけてんっスね」

「ねぇ、恋愛はしなかったの」

「好きな女学生なんかいても、結局、やっちゃうだけっスからネ、一対一ってのはあんまりねェんっスよ」

「なんで？……。仲間に分けなきゃいけねェっていう仁義でもあんの？　それとも一人じゃ出来ねェのかネ」

「出来ねェんスね」

こんな咄もある。

「あのネ、動物園に忍び込んで、オットセイを盗んだことがあンスよ」

「なんで、オットセイを……」

「ペンギン鳥が高く売れるっていうから入ったんだけど、どこに居るのかわかんなくって結局、オットセイにしたんスヨ」

なにが結局だかわかんないところがいい。

「でも、何でオットセイにしたか、理由《わけ》はあるだろよ、人間、理由がなくて行動はしないだろう」

「そりゃ、そうスよ、まぁ、癪《しゃく》だからネ、なにか盗《と》ってこないとネ」

「よく盗れたネ」

「簡単でしたヨ、毛布でくるんじゃうんスよ」

「それで売れたの」

「売れなかったから喰っちゃったスよ」

とはホントかネ……。

「盗んだって言えば、千葉までいって自衛隊の戦車を……」

「ええー、戦車を盗んだの？」

「戦車じゃねェスよ、戦車のキャタピラっスよ」

「ちょい待ってくれヨ、あれ、はずれるのかい」

「いや、夜ははずして、干してあるんスよ」

「ホントかネ」

「本当っスよ」

「……で」

「重てえっスよ」

「一人じゃねェだろ」

「当たり前っスよ、五、六人でやるスよ」

「で……」

「盗んだっスよ、途中で売っちまったスよ、そのころ一万円くらいになったっスかネ」

「ほんとに、少年院《そこ》では優等生だったの？」

「そうスよ」

「なんで……性格かネ」

「おとなしくしてるほうが早く出してくれるしネ。それに俺は柄受《がらう》けがいいんだよ」

「なに、その〝柄受け〟ってのは？」

「家庭《うち》がいいってこと、ホラ、両親《おや》も兄弟もちゃんとしてるから、月に一回ちゃんと面会に来るからネ」

「何とか更生《なお》るかと思ってたんだネ」

「まァネ」

「どの期間《くらい》いた」

「七カ月」

「長いネ」

「たいした事ねェスよ」

「どんなことをしてたの」

「豚にエサぁやったりネ」

どうもこの御仁、その頃から豚に縁があったのだ。

「で、少年院《さっき》の玉子の話ネ、売った金のカスリで煙草《えんた》と饅頭と飴を買って喰うんだ」

タバコと饅頭と飴はいい。なんとも可愛い。そこには、生きている少年の真《まこと》の姿がある。

「塀の外から放って中の奴に渡すんだがネ」

「〝だが〟なんだい」

「いや、渡す、だけだよ。ま、いい顔にはなるネ、役のうちでもあるし……」

「バレりゃあ大変なんだろ」

「そうっしょネ」

と軽いところは、バレなかったのだ。バレたときの状態がよくわからなかったのだろう。

もっとも、この年齢《とし》で次の情況を常に考えて行動する奴ァ薄気味がワリィ。そんな奴ァロクなもんにならない。バブル屋か、政治家か……ヒガミではない、本当のことだ。

そんな奴等より落田少年、見事に己れの人生を生きていた。

人間を作るのは「刑務所」と「大病」だ、と誰かが言っていた。

それに「手痛い失恋」だ、と、これも誰かが言っていたっけ。

「失恋」。懐かしい言葉だ、いい言葉だ、胸が〝キュン〟となるような言葉だ、その素晴らしき言葉も現代《いま》や死語に近い。

落語の名作に、『千早振《ちはやふ》る』という噺がある。吉原の「千早」という花魁《おいらん》に振られた

（つまり千早振るである）大関龍田川は、角力人生に失望し、なんと豆腐屋になるのだが、「なんで大関までいった関取が、女に振られただけで角力を辞めて豆腐屋になるんだい」と聞く八公に、相手の隠居は「いいじゃねェか、当人の勝手だろ」と言う。大関から豆腐屋になる人とてあるのだから、少年院からヤクザになった、落田少年、なんの不思議もない。

面倒だから落っちゃんの経歴を書いちまおう。

十九歳でヤクザとなる。いや、仁義道に入る。

当たりキ、車力《しゃりき》、車《くるま》引《ひ》き、という遊び言葉があったけど、「一流高校から東大に入ったようなもんだネ」と言いやがった。

入学したトコロは東大クラスではないにしても、そこそこの名門だ。「奇人党」とは人に識られたこの世界の老舗《しにせ》。そして今日に至るまで、この老舗一本槍の律儀者だ。

おっと、この世界はそれが当たり前。

「この歳まできてヨォ、退職金もねえんだヨな、この稼業は……」

「いくらかでももらえないの？　全然《まるで》駄目かい……。会社なら大変だよ、二千万円ぐらいは出るのに」

「ま、二十四万ぐらいかネ」

とはキビシイ。とはいうものの談志《わたし》の稼業にも退職金は無い。それにしても、二十四万とはどこからきた数字かしら……。

二十二歳で結婚。

今日に至る。

その間、刑務所《むしょ》に四回。恐喝で浦和、博打で小菅に一年半、また恐喝で府中から福岡に一年半、たいしたことはない、ごく普通《なみ》だ。

「あの頃のヤクザとして、たまには刑務所《つとめ》にいかないとネ、娑婆にばかり居ると、なにか税金払ってないようで、なんとなく気まずくてネ」

とは泣かせる文句だ。

「斬った、張ったはなかったの？」

「ありますヨ、二十歳《はたち》頃かな、先輩だけど、生意気な奴がいてさ、こいつがバクチ場でのたくって俺たちから金を巻き上げるんでネ」

つまり〝はい出し〟というタカリだ。

「で面倒だから殺《や》っちまおうと決めて……」

落語『品川心中』じゃあないけれど「決められた奴ァ災難だ」

「ハジキは45口径という結構デッカイヤツだヨ、試し撃ちはしたことあるけど、本番になると結構恐怖《ぶる》っちゃってさ、安全装置をはずすのを忘れたネ、西部劇みたいにはいかねェスよ。至近距離から四発撃った。中の一発は不発でやんのヨ、一発は相手の膝に当たったネ、飛び上がりやがった。相手は驚いたネ、逃げたヨ、やっぱり怖《こえ》ェんだろヨな」

場所《ところ》は根津、生れ故郷だ。さすがに「初陣は故郷《ふるさと》で」とか、「故郷に錦」とは言わなかった。

「死なねェ死なねェ、もっとも膝じゃあネ。こいつにその頃で八千円ぐらい貸しもあったからあんなところだな。いまも居るっスよ、十年ぐらい前かネ、靴みがきをしてた。正業《まとも》になったから、いいんじゃねえの……」

「後はどうなったい」

「別に、仲間の揉め事だしネ」

「それはサ、手前で勝手にやったんだろ。幹部《うえ》から指令《くる》ときもあるの」

「あるヨ、あったスよ」

「いつ頃」

「昔だヨ、〝児玉誉士夫《こだまよしお》の用心棒に行け〟って上から言われていってたんだヨな。そしたら児玉の悪口を言った奴がいるんだヨ」

「そりゃいるよ、悪い奴だもの」

「でもヨ、堅気が言うんなら仕方がねえが、ある組の親分が言いやがったんだ」

「それがイケナイの？」

「いけなかねェけど、うちの親分、児玉先生に対する義理もあるから、〝誰かその親分を殺《や》ってこい〟、ってネ。とどのつまり俺に白羽の矢が立った」

「嫌な白羽の矢だネ」

「仕方がねェスよ」

「独りかい」

「独り、でも殺《や》るのは俺だが連れはいるさ、ま、見届けだな、俺と同格《どっこいどっこい》の奴等だけどヨ」

「うん、で……」

「まず、向こうの様子を見にいくんスよ、敵状視察だ。牛乳屋になったり、新聞の勧誘に化けたりさ」

「ロケハンだな」

「うちの親分の言うにゃあ、いい仕事だからチャンとやれヨ、殺《や》ったらすぐ保釈で出してやる、十日で大丈夫だから……って。よく言うヨ、いくらチンピラでも、そんな嘘ァわからぁな」

「……で」

「車出してくれって言ったら、〝お前らまだ車で行くほどの身分じゃあねえ、東横線でいけ〟って。相手の家が田園調布なんだヨ、冗談言うねェ、東横線で〝殺し〟にいけるかい、ねぇ師匠」

その通りだ。仁義道の美学が許さない。また親分も凄い、東横線とは見事だ。この親分にしてこの乾分《こぶん》あり、いやこの乾分にしてこの親分だ。

「……で、東横線かい、東京急行電鉄かい」

「嫌だヨ、自前でスカイラインを持ってきてそれに乗ってヨ、若ェのに運転させてヨ、途中で腹ごしらえぐらいしねェと〝度胸がねェ〟なんて言われるから、そば屋に入った」

義士の討ち入りだ。

「鍋焼きとったが、ふるえて喰えねェ」

ごもっとも〳〵。

「途中で車ァぶつけて、あわてて拳銃《ハジキ》、車の中に隠してパチンコ屋に飛び込んだ」

「……で……」

「それまで。それで帰ってきちゃった。行ったら大変、向こうは機関銃向けて待ちかまえてたらしいんだ。蜂の巣だったヨ。病院に三日ァ入ってヨ」

「ケガかい」

「入らねェとサマにならねェからネ」

「……親分はなんと」

「行ったら、嫌な顔しただけだった。でもバツは悪かったネ」

「破門にならなかった？」

「なるわけねェよ。向こうだっていいこと頼んだわけじゃあねェしヨ……」

そりゃあ、そうだ、その通りだ。理に合っている……。


「世帯を持ったのは何歳《いつ》頃？」

「二十二、三かなあ」

「早かったね」

「そうスか、そうでもねェスよ」

いわれてみれば私とて二十四歳であった。

「近所にいたんだヨ」

「誰が、どこに」

「相手だヨ。根津のネ、住んでた近所に木村屋って喫茶店があってさ、暇だから、いつもそこにトグロを巻いてたヨ」

「……で」

「喫茶店というよりBARだね、そこにバイトで来てたんだ。その店の親戚とかなんかでネ、可愛いから」

「惚れたのかい」

「……やっちまえ、ってとこヨ」

　と照れた。

「そのころは組員、本格？」

「そうスよ、会に入ったもののヨ、チンピラだから、ちったァ修行をしないと一人前の人間になれねえ、なんて先輩が言やがってさ、いろいろやらされたスよ」

「いろいろってなに？　悪事かい」

「悪事じゃあねェスよ、まず映画のフィルム運び、ほら、自転車で丸いフィルムが入った缶を運ぶヤツ、『ニュー・シネマ・パラダイス』だヨ」

　このときの修行（？）のせいか、この御仁《ごじん》は映画をよく観ていたらしい。

「どんな映画が想い出に残ってる？」

「『汚れた顔の天使』ね、キャグニイのさ」

「嬉しいね、俺、キャグニイの大ファンなんだよ、あとアステアとかね」

「踊りだろ、ヘチマみてぇな頭をした奴ね」

たしかアステアのアダ名はヘチマだったはずだからチャンとみてるんだ。あと『欲望という名の電車』『刑事』『殺《や》られる』ときたね。本格だ。ピエトロ・ジェルミは、ま、置いて、『殺られる』のエドゥアール・モリナロは楽しかった。懐かしきフィリップ・クレイ……。

「フィリップ・クレイてのは背の高い眼玉のギョロッとした奴だろ、ガムを相手の眼にくっつけた、あれね。よかったスよ、覚えてますヨ……」

と話がはずむ。本もよく読んでいたというが、なにせ、ヤクザのチンピラだ。運んでいるうちにパチンコ屋に入っちまうわ、人だかりがあれば顔を出す、割り込む、それに加わる。仕舞《しま》いにゃ、俺が相手になってやる……。

これじゃあフィルムが届くわけがない、一週間でチョン。

で、横浜につれていかれた。

「何でハマに行ったの？」

「おでん屋やれとよ。何でも修行、〝将来にこれらが皆んな役に立つ〟……とさ」

「そう思ったかね、素直に……」

「思うわけはねェけどさ、ま、仕方ねェしね」

風太郎《ぷーたろー》華やかな横浜は根岸界隈《あたり》ときたもんだ。

「おでんのヨ、屋台引いて、ガラ〳〵坂を上ってヨ、これをさ、売るんだが、やってられねェヨ。目の前に女を連れた野郎は通るし、たまにおでんを喰いに来りゃあ、〝あれくれ〟、〝これくれ〟〝酒のお替わり〟なんていやがるしヨ、頭くらぁ……」

「しようがねェじゃねェか、おでん屋なんだもの、それが仕事だ……」

「でもヨ、俺はおでん屋になるためにこの稼業に入ったわけじゃあねェしさ」

「でも、仕事も修行だろ」

「ならねェならねェ、屋台放ったらかして伊勢佐木町に遊びに行ってヨ、キャバレー二軒ばかり廻って……」

「女ァ連れて帰ったら……かい」

「冗談じゃあねェっスよ、連れて帰りゃあ女におでん屋がバレちまう」

とはいい了見だ。

「帰ってきたらおでんの鍋ァ、汁がみんななくなっちゃって、ネタは焦げてるし、〝兄貴、もう勘弁してくれヨ〟って店じまいさ」

　ぼうふらも蚊になるまでの浮き沈み

　こんな川柳を思い出したっけ。

「で、根津に帰って、喫茶店の彼女かい」

「そう」

「お茶ァ飲んだり、映画をみたり、公園を歩いたり、普通の奴と同じなの？」

「そう」

「で？」

「正月ね、着物で来たんだね、この〝理由有《わけア》リ〟が」

　この落っちゃん、なんぞってえと〝ワケアリ〟という。女房以外の女をワケアリというらしく、「師匠、こないだ連れて来た女、あれワケアリだろ」という風に使うが、長く付き合っているうちに、チョイと都合の悪いことはみな、このワケアリに入っちまうことがわかった。

　例えば、

「どこ行ってたの」

「北京」

「北京？」

「そう」

　どうも、ヤクザと、中国は北京、とつながらない。

「なんで北京よォ」

「スッ、ワケアリでね」とくる。

「で、その和服のワケアリを、どしたの」

「連れ込んだっスよ、旅館に……」

　そういえばその頃東京にラブホテルなんざあなかったっけ。旅館といいましたな、曰く、連れ込み旅館、「♨」、逆さクラゲといったっけ。

「寒いんで七輪《しちりん》に二人で当たってたら、ワケアリの着物を焦がしちゃったスよ。正月の晴れ着をね」

「なんで、どうして？……」

「ま、いいじゃねェスか」

〝そのときは二人はもう出来てたんだろう〟とは私は聞かない。野暮というより、嫌なのだ。色事とはいえ、相手はこの女性を女房にしたのである。

「着物焼いちゃって、どしたの」

「家にも帰れないし、そのまま、ずっと、一緒さネ」

「式をあげたの」

「そんなもの、あげねェスよ」

そういえば、その頃落語家で結婚式をあげたというのも聞いてない。志ん生師匠は二階で鯛焼き買って一緒ンなった、って言ってたが……。

三平さんが香《か》葉《よ》ちゃんと結婚して、新婚旅行にいくといったら、楽屋で大問題になった。つまり「生意気だ」であり、落語家の風上にも置けない、ということらしい。

「落語家らしくない」という教えか、ただたんなる時代に対する嫉妬《やきもち》だったのか……。

当時の最高権力者「黒門町の師匠」こと桂文楽からダメが出た。で、弟子の先代圓蔵（当時圓鏡か）があやまり（三平さんは、この圓蔵の弟子）、まあ〳〵というので何と、綱島温泉に新婚旅行に行ったもんだ。

綱島温泉とはなんとも哀れで、悲しい話だ。きっと若き三橋美智也がその温泉でボイラーマンをしていたはずだ。

「別に一緒にいただけで、世帯を持つ気なんてなかったスけどね」

「ホント？」

「ホントっスよ、売っちまおうかと思ったスからネ、新潟あたりの芸者かなにかに」

「どのくらいで……、いくらぐらいで？」

「五万から十万ぐらいになったはずですヨ」

「へぇー」

てなもんだ。

「子どもが出来ちゃったし堕ろす金もないし。一万円もなかったスからネ」

その彼女、ワケアリといまも一緒にいる落っちゃん、二人の娘と三人の孫がいる。

「これがネ、騒《うる》せえのなんの……嫌だネ、孫は。でも可愛い顔してんだヨ、コマーシャルに出してくれってきたスよ」

ホントだと思う、是非みたい、いや会いたいね。

落っちゃんのなれそめの咄に戻す。旅館で着物を焦がした、それも七輪で……。七輪、練炭《れんたん》、豆炭《まめたん》。何と懐かしき言葉よ、道具よ。旅館の部屋に七輪で暖をとったのだから、いくら当時でも下《げ》のクラス、いや、そんなもんか、それが普通か……。

「正月っても二日だろ、〝姫始め〟というし」

「いや、元旦スよ」

「ええ、元旦ゥ、本当、元旦旅館やってたぁ？」

「何で？　やってたスよ」

「俺、昔、元旦に女を連れて旅館探したけど〝どこもやってなかった〟って経験あるよ……」

「いや、やってますヨ、だって行ったんスから」

元旦、旅館、七輪、晴れ着、ときて、それェ焦がして三十数年だ。夫婦なんてなァ、添い遂げるしか目的はない、古くならなきゃあ愛情なんて出るものか。

ワケアリがワケアリでなくなった落田夫人（?）は私の知る限り、あの世界の姐さんという感じはまるでない。普通の内儀《かみ》さん、下町の奥さんである。三十数年連れ添ったのは、〽愚痴もいわずにィ女房の小春ゥ……と唄の文句のその通り、ではなかったろうか。

愚痴もいわずに女房の……おっと、えーと私は彼の御内儀の名前を知らないのだ。もっとも向こうも私の女房の名前は知らない筈だ。

夫婦なんて他人にゃ絶対わからない。二人が感じたそれぞれが、その実体であって、客観なんざァ、しょせん第三者の主観なのだ。

「辛抱強いスよ」と落っちゃんは言うが、辛抱とて本当に嫌ならするわけがない。知性で辛抱なんざァ出来るもんか、辛抱じゃァない、一緒にいることが好きだったのだ。

第一ヤクザは格好《カッコ》がいいもの、そのうえ強いんだもの……。いつだったか、男の姿、スタイルで「一番かっこがいいのは何だろうネ」と仲間と飲んで駄弁《だべ》ったことがあった。ヤレ「軍服」の、「紋付き袴」の、「野球のユニホーム」の、「船乗《マドロス》り」の、「船長《キャプテン》」の、「乗馬姿」よ、「素襖《すおう》大紋」だ、「シルクハットに燕尾服」、と出たけれど、結果一位は「廻し合羽に三度笠」であった。

ま、なんでもいい、なれそめ、理由《わけ》有《あ》リ、そのまんま……で、そのまんまの長き間の事《でき》件《ごと》の数々……。

若き八郎は恐喝で刑務所初体験。場所はたしか府中といった。いや浦和だったかな、とも言った。初体験を忘れるわけはないのに……。

「あのネ、あそこはネ、学力テストってのがあってネ」

「…………」

「つまり、不良看送《かんそう》ってネ、その刑務所《むしょ》に合わない場合《とき》は違う刑務所に送るわけ」

どうやら、悪い仲間がいたり、仇《かたき》が、敵《てき》がいたりすると不味《やば》いから違う場所に送るらしい。

で、ある日のこと、

「おい、落田、荷物を整理しとけよ」

「なんですか」

「明日になりゃわかる」

それっきり。そしてその翌日《あした》が来て、そのまま落っちゃん、場所《しょば》替《か》えで、福岡送りと相成った。そのとき網走に送られた奴もいたという。

「網走には行けねェスよ、寒いもん」

と、ごく当たり前のセリフを吐いた。

「福岡の刑事《でか》は垢抜けねえ。田舎だからヨォ……十五人ばかりいた者《の》に手錠ォかけやがって、それを縄で数珠つなぎ。東京駅の裏ぁいくらもあるのに、堂々と普通の客と一緒の場所《ところ》を歩かせやがったネ。みっともねェの何の。おまけに俺の前の奴ぁ、こいつがお神楽《かぐら》師ってのか、薬缶や茶碗を背負《しょ》ってやがって、その上にお神楽のお面を三つばかりぶら下げてんだヨ」

どんな姿か見たかった、そのお神楽クンを……。

「普通列車だヨ。新橋、品川って順に一つずつ停車《とま》るヤツ。福岡《むこう》へ着くまで水も飲ませねエ、我慢しろってヨ。数珠つなぎだからトイレも大変。ひとり行くと、あともぞろぞろ一緒。そんな連中が乗ってるとは知らねェ客が〝空いてるから〟って乗ってくるけど、様子が理解《わか》るとすぐ出てっちまうネ」

そりゃそうだ。

「ガキが喰ってるアイスクリームを喰いたかったの何の。麦飯《バクシャリ》と昆布《こぶ》の佃煮とマンガが五枚でヨ……」

「何だい、その五枚ってのは？」

「五枚だもん、マンガがよ」

よくこのへんはわからない。ナンダカワカラナイ〝マンガが五枚〟なのだそうな……。

その福岡の刑務所まで、女房殿は幼き子どもを背負って、月一回の面会日にかならず逢いに来た、という。

この面会が有ると無しでは、むこうの受けがまるで違う、のだそうな……。

「苦労かけたスよ、よく来てくれたスよ」とサラリと喋った。

収入《みいり》もない女が汽車賃を工面し、赤子《あかご》を抱えて、ひと月置きの月末に逢いに来るのだ。毎月は、とても来られないから、月末と月始めの二日を続けてふた月分にするという、苦肉の策である。

「あんときゃ、辛かったスね」とも言ったっけ。

察《さっ》するところ、その間の面倒は、この程度の身分では、留守宅の保証はないらしい。会の罪を背負ったのならいざ知らず、己れがやった恐喝なんぞじゃ、それこそ、〝身から出た錆〟扱い……でお終いなのである。

「といって行かなきゃ箔《はく》がつかないし……」

とボソッと一言あった。


落っちゃんの子どものハナシをする。

ガキにとっては普通の親でも嫌なのに、まして父親ァ「ヤクザ」ときた。子どもが喜ぶわけがない。

「娘がよ、昔だけどヨ、俺が何かいうと、〝なにいってんの、お父さん、ヤクザのくせに〟……。あれ、参ったスよ」

「家貧しくて孝子出ず」というけれど、この家の娘は頭がいい。父親同様学校の成績がいいのだ。成績がいいから、当然いい学校に入った。私立の名門校である。

家庭訪問があったとな……。

「お父さん、出ないでよ」と娘の弁だ。

これまた当然と思えばこそ落っちゃんは、ある日、突然としか思えない家庭訪問、先生サマ御来館に、

「仕方なくてサ、蒲団被って部屋の隅で寝てたけど、先生のいるところを通らねェと便所

にも行けねェんだけど、我慢してたヨ、汗だくでヨォ……」

しばらくたって、

「英語の出来がいいんだとヨ。で、さァ、上の学校へとヨォ、先生は言うけどサァ……、俺は関係ねェしヨォ」

「学校から義理がきたんだヨ」と、これもある日、私に言った。学校の「寄附」を「義理」とはいい、その通りだ。

「義理だからヨォ、届けるヨォ、出すけどネ、これをみてくれよ、ガリ版だ、これはねェよな師匠」

つまり、落っちゃんは巻き紙でないと駄目なのだ。

これには受けた。これまた、その通りだ、ガリ版はいけない。連判状のようなアレでないといけない……。

話が変わる。というよりも、アト・ランダムに書き綴る。勿論、任俠受け咄である。

「ねェ師匠、師匠ン処の舎弟ヨォ、弟子よォ、あれらから上納金は取ってんだろ」

「いえ、別に」

「別にィ、って何、取ってないっていうことかい」

「そう」

「何でヨ」

「だって昔から落語家はそういう事をしないんだい」

「何で」

「ま、伝統《しきたり》だネ」

「よくねェネ」

「そうかネ」

「そうスよ。落語を教えて、一人前に食えるようにしてやって、その上、立川流の看板背《し》負《よ》って生活《くら》してんだろ」

「ま、そうだ」

「なら取らなきゃ駄目スよ。基準《しめし》がつかねェスよ」

「そうかねェ」

「あのネ、世の中ぁ、どこをみたって金を取らないでモノを教えてるとこはないスよ。あったらインチキだと思うよ」

「でも、インチキじゃあないもの」

「だって、看板背負わせてやってさ、只はイケナイよ」

「のれん代かね」

「ま、そうスね」

私しゃ、考えたネ、成程、世の中、どこをみてもロハで教えてるところはない、落っちゃんが言う通り、そんなとこがあったら他人《ひと》はインチキだと思うだろう。まして、いい落語家を育てるためにある制度というのなら効果のあるほうがいいにきまってる。

「わかった」と早速実行、こういうことはよくわかるし、すぐ実行する「松戸市役所、すぐやる課」である。で落語界史上初めての上納金制度が誕生した。これも落っちゃんのアドバイス。感謝、多謝。

落っちゃん宅に乾分《こぶん》が五、六人いたね。

「なんの相談だい、人殺しか」

「馬鹿なことを言っちゃァいけないスよ、師匠。困ってんだヨ」

「ヤクザでも困るんだね」

「当たり前スよ」

「はあ、するてえと相手は警察、国家権力だな」

「ええ……」

「相談に乗ろうか」

「駄目スよ、乗れねスよ」

「フーン、なんで」

「あのネ、警察《さつ》がね、お前ン処からチャカを一丁出せってんですヨ」

「何だい、〝チャカ〟って……、拳銃《ハジキ》かい」

「そうすヨ」

「ヘエー、そんなことがあるの、誰かが持ってて捕まった、てんじゃァなくて、〝出せ〟っていうの、そんな無理な。まるで相手はヤクザだね」

「同じスよ」

「断われよ」

「断わるとネ、お前らの親分の処を家宅捜索《ガサイレ》するってんスよ」

「なら出せば。ハジキなんざァ、どうでもなるんだろ」

「なりますけどネ、一丁出したら、この中の誰か一人、行かなきゃならなくなるしネ」

「何処《どこ》へ」

「何処へって、なにいってんだい、刑務所《むしょ》だヨォ……」

「フーン、そんなことがあるの」

「ありますヨ、あるから困って相談してるんスから」

「なんでそんなことをするのかね」

「ま、みせしめでしょうがネ。で、これでハジキ一丁あげりゃァ、浅草署の署長が上野の署長になっちまうんですからネ」

「出世かネ」

「出世スよ」

「後《うしろ》暗いとこも、こっちにあるんだろ」

「そりゃ、そうスよ。正義の味方じゃァないんだから」

「で、出すとなると誰かが警察にハジキを届けにいくの？」

「そうじゃァねェスよ、あのネ、ハジキを置いてそこに坐ってるんスよ。で、そこに警官《デカ》が入ってきて捕まえるんスよ」

「本当かい。バカ〳〵しいね」

「バカ〳〵しいスよ」

「へえー」であった。

たしかその頃だ。こんな話もあったっけ。

「あのネ、金ぇ貸したんですヨ。百万ばかりネ」

「誰に……」

「ま、誰でもいいスヨ。師匠知らない奴ですから……」

「普通の人？」

「……？」

「いえ、つまり堅気かい、貸した相手はさ……」

「いいえ、ヤクザですヨ」

「返さないのかい」

「そうすヨ。でネ、その野郎は金が集《まとま》らねえっていうんで、そいつの親分のとこに行って話をしたら、〝知らねえ〟って言やがった」

「だって知らないなら、仕方ねえだろ」

「知ってんですよ。一枚嚙んでるんだから……」

「はあ……で？……」

「上等だ、この野郎！って、こ奴をさらってきて、事務所へ放り込んで……ここへね」って、指さした場所がコメカミ。

「ここへハジキ突き付けて……、これやるとたいがい恐怖《ぶる》っちゃうネ。こっちの方じゃ、俺ンとこの若いのが、洗面器に湯ぅグラ〳〵沸かしてんだヨ。こいつの頭からぶっかけるってネ」

「凄いネ、虱《しらみ》退治だ」

「〝払う〳〵、払います〟とよ」

「ああ、なるほど」

「じゃあ、〝帰してやらあ〟〝車で送ってやらあ〟っていったら、〝タクシーで帰るからいい〟って言やがった。でネ、そのタクシーでそのまま警察にタレ込みやがったネ。この野郎任侠の風上にも置けねえ……師匠、現代《いま》はこれだヨ」

それで警察もさっきの〝ハジキを出せ〟ときたのかも知れない。

その後、ハジキを出したかどうかは聞かなかったが、身内の一人が刑務所《むしょ》に入って、「師匠、ひとつ、刑務所に慰問に行ってくれますか？」ということで、落っちゃんともども、女性歌手を一人頼んで行ってきたっけ。

「そのときの話をしよう」っと、場所はネ……ま、いいか。でも刑務所であることは間違いないし……。

　前夜は刑務所近くのホテルに泊められて、翌朝早く起こされた。

「師匠起きて下さいよ」

「早えなァ……」

「昼前までに入ってくれって刑務所《むこう》側が言ってますんでネ、頼みますヨ」

「はいヨ」

ロビーに降りてみると、出迎えの連中が凄い。一見、それとわかるお兄ィさんたちが十二、三人、あのスタイルでサングラス、無くなった「小指の思い出」を持った人たちだ。

ちなみに我が八郎先生は五輪五体《ごりんごたい》傷はないし、入墨《すみ》も入っていない。

居並んだ面々は、そのお面付《つらつき》をみてもわかる、その道の偉《えら》い顔たちで、

「師匠ォ、今日は、東北とか、新潟とか、いろいろと偉《えら》い顔が来てますからネ」

と落っちゃんが教えてくれた。黒塗りの大型車七、八台で刑務所の正面玄関に着いて、降りてきた連中、手に手にボストンバッグやら鞄やらをご持参ときてる。

「なーに、あれ。なに持ってんだい」

「だって、みんな師匠のお付き、お供ということで一緒にいくんだから。師匠のとこの事務員と弟子だから、当然、師匠の衣装だネ」

つまり慰問公演にかこつけて、はるばる乾分《こぶん》ども、また親分、兄貴分の見舞いに来たわけだ。

「中身は」

「なんにも入ってねェスよ、新聞紙が丸めて入ってますけどネ」

「だって落語家、荷物はせいぜい紋付きと袴と草履ぐらいだよ。鞄一つで充分だと、相手だって知ってるよ」

「いいスよ、気にしなくても……」

気にしなくていい、とは言うけど、気にするヨ、これじゃァ……。てなもんだが、ま、「人生成り行き」で……。私しゃ、なにかに困ると、すべて「成り行き」だ。もっとも本当に困りゃァどうなるか、どうなるかって、とどのつまり大混乱だろう……がね。でも結果はやはり人生「成り行き」しかない。

「御苦労様です」

と刑務所側は所長始め主《おも》だった人たちが丁重に迎えてくれた。

もっともそのとき、たしか私しゃ現役の参議院議員だったはずだ。

昼時《ひるどき》になったので〝昼食を是非一緒に〟と所長サン。こちら十五人ばかりで、あちらも十人ぐらい居たっけなあ……。

そこそこの中身の食事のときに、よせばいいのに落っちゃん、

「ねぇ所長、私は師匠のとこの事務所で働いているんです」

こうなると私しゃ、生来のくせが出る。

「そうなんですヨ、所長。でも、この事務所員、働きは悪いし、文句ばかり言いやがって、困っているんですヨ。オイ、落田、お前、あの落語のテープどこへやったい」

「えー、あのテープ、ええ、スッ、スッ、机の上に……」

「柳枝か、柳好か、あの『野晒《のざら》し』は」

「えー、あれ、あの、忘れて……」

「だから、お前は駄目なんだ、だいたい電話の態度もデカすぎるゾォ……ヤクザじゃねェんだから、気をつけろよ、ちったァ……」

「はあ……、でも、家元のとこは給料が安くて……」

まるでギャング映画だ。それもコメディの……。

だいたい、悪いことをする奴ァ、普通《なみ》の奴より洒落はわかるはず、と居並んだ十五人にこの洒落をやったのだが、この連中の困りきったような不思議な顔は忘れられない。

案の定、帰りの一杯《さけ》の席でその話に戻ったときは大笑い、大爆笑であった。

「ところで所長さん、刑務所《ここ》へ送られて来るなかには、更生するのもいるんでしょう……」

「ま、いないですよ、ましてヤクザは……」

「駄目ですか、ヤクザは」

「駄目です」

ってハッキリ言ったネ。この所長も己れの出番を識っている、役どころを心得ている。

「所長、更生する、しないは別にして、ヤクザそのものは……」

「駄目です」

と所長さん駄目押し、太鼓判を押してピリオド。

食事が終って、所内見学ともなると、さあ、ゾロ〳〵ついてくる我が事務員は、遠く、近く、慰問団一行?を眺めている仲間の「駄目な連中」に、サインを送ること送ること。その相手にサインが伝わったときの喜びの顔ったらない。

「しっかり、やれヨ」であり、「親分来ましたヨ」であり、「我慢《しんぼう》せいヨ」であるのだろう。

この日を待ちに待ったお客たち、ギッシリ一杯、我々の表現でいうギチ一杯、まず紹介されたフォークソングの若き歌姫は、初めてのこの場の経験だ。ギラついた異様な目と体臭に一曲歌って降りて来ちまった。吐気がするという。本当いうと便所で吐いた。

で、家元の登場だ。万雷の拍手、声援、歓声が上る。なかにゃ嬉しさのあまりか、「よお談志、チャンと演《ゃ》れヨ」ときたネ。

開口一番、家元は、

「ヤカマシイ。文句あんなら表ェ出ろ……おっと、お前等、表へ出しちゃあイケねェんだっけ」

爆笑爆笑、鳴りやまず……である。

その昔、亡き先代の「鬼」と渾名《あだな》された鈴々舎馬風は、刑務所慰問の第一声に、「満場の悪漢共よ……」とやったという本当《ほんと》の話が楽屋に残っているが、家元は「まず小噺を一つ」。

ジョーと呼ばれる精子《ザーメン》がいた。彼はいつもこう言ってた。

「俺たちの仕事、使命は唯一つ。射精されたら、いの一番に泳ぎのぼって卵子にしがみつくことだ」

「だけどジョーよ、それはわかるけど、何せこの数億といる精子仲間、これを相手にそう急いだって勝ち目はねェよ」

「それがイケナイ、勝つ、勝たないは二の次だ。我々の使命は、まず飛び出して、先を急ぎ卵子にしがみつくことだ……」

ある日、性衝動がきた。

〃ドバッ〃と出た数億の精子たち。

普段から豪語していた我がジョーは、真っ先に走った。泳いだ……。

しばらくすると後から声がした。

「オーイ、ジョー、いまのは尺八だったどォー……」

受けたの何の……会場引っくり返りやがったっけ……。

「お前ら、喜んで、今晩走るなヨ」と駄目押しだ。

「走る」とは……この場所の符牒でズリセンのこと。「家元、妙なことを識っている」って、これも後で連中にほめられた。

さて、お待ちかね、名人家元の一席は十八番の『紺屋《こうや》高尾』であったから、受けないわけがない、喜ばない筈がない。

惚れた高尾の前に、チョコナンと坐った久蔵は、高尾の差し出した朱羅宇《しゅらお》のキセルを受け取ろうにも、うっかり手を出せば、紺に染《そま》った手がわかる。わかれば「相手は紺屋の職人」とその場で愛想尽《あいそづ》かしと思うから、袂《たもと》の中に手を入れたまま、おず〳〵と相手からキセルを受けとった……。

「ワカリやすく言ゃァ、手錠ォかけられたまま、煙草《もく》をもらったようなもんだ……」

と注釈に、いやはや受ける受ける。

その晩高尾に気に入られ、三年後《あと》には夫婦《めおと》と約束され、帰り道は、魂《たましい》は中天に飛び、足はフワフワ地に着かず……だ。

「早い話が、マリファナ吸ってシャブ打ったようだ……」

「ギャー」なんてもんじゃあない。屋根が飛ぶかと思った。会場が揺れるのだ。

笑いと泣きの物語に涙ァふいている客（?）もいる。

家元つくづく思ったね、古典落語はこういう場所に限る……とね。

これは後日談だが、そのときのシャブを打つ手付きが、談志は半端《はんぱ》じゃなかった、と評判だったという……。

結果、くどいが大受け、大当たり。

「師匠、これであと一年ぐらい刑務所《なか》じゃァ家元の噂だヨ……。次の選挙の票になるヨ」

と我が落っちゃんの弁。

「ねェ落っちゃん」

「なに」

「あのさぁ、落っちゃんはいつもタクシーだけど、自家用車《くるま》ぁ持ってないの?」

「ないヨ。俺、運転出来ないもの……」

「出来なくても、落っちゃんぐらいの貫禄になると、たいがい持ってるがネ、乗ってるがネ……」

「……まあな……」

落田八郎氏の名刺をみると、落田商事代表取締役とある。

商事会社の社長さんなのだ。

「そっちのほうでは、俺信用があるんスよ」

その通りなのである。

で、この商事会社は建築関係の人夫入《ひとい》れが主で、だいたい彼の縄張《シマ》りは上野、浅草だから、当然あの辺《あたり》に顔がきく。私が上野の鈴本亭に出演している、または本牧《ほんもく》亭に出る、あの界隈《あたり》は、あの通りの場所《とこ》だ。夜通ると、入れ込み、呼び込みの奴等が、「ねェ師匠、たまには寄ってよ」とくる。

「たまには寄って」ならいいんだが、そのうちには、というより、なかには、「おい談志、寄れねエのかヨ、銭が無いのか」ときやがった。頭に来て、怒鳴ろうか、と思ったが、こんなチンピラ相手にしても、と思ったから、

「落っちゃん、こうこう、しかじか、うるせえんだヨ、何《なん》か言っといてくれよ」

「いいスヨ、一緒に一度歩きましょうよ」

一緒に一度歩いたネ、それっきりだ、誰あれも呼ばないし、文句なんて云う奴ぁ一人もいなくなった。

「師匠、御苦労さんです、鈴本ですか」になりました。

その上野の中心の上野駅、〝あ、上野駅〟井沢八郎はともかく、工藤夕貴はいいネ……。オットそんな話じゃなかった。そう、上野駅だ。家出の本場、家出となりゃあ、まず上野。ところが現代《いま》、この経済大国の日本国では、家出の第一歩が上野駅ではなくなった、と聞いた。なんといきなり、成田、そしてニューヨークはケネディ空港なのだそうな。驚いたネ、「凄《すっご》いワネェー」である。

でも、まだまだ上野も捨てたものに非ずで、ここに上京《のぼ》ってくる若者、田舎者は多い。

これを待ち受けているのが本篇の主人公始め、その乾分《こぶん》共だ。

「いい仕事あるよ」と工事現場に送り込む人夫集めだ。

昔は……、といってもひと昔ではない。ふた昔も三《み》昔で、ざっと三〇年前くらいかな。彼らを俗にニコヨンといったのは、一日働《かせ》いで二四〇円也であったからだ。一泊一〇〇円ぐらいの宿泊所《ドヤ》に寝泊りし、梅割焼酎をあおり、勝手に世の中を送っていた。彼らの住む世の中とは、浅草は山谷であった。

現在《いま》はどういたしまして、世界経済の王者に成り上がった日本国の原点を支える人夫さまは、トビだ。何だと技術のある者は一日二万円以上にもなろうが、この話の頃の並みの土方は日建《ひだ》てで、一日六千円から一万二千円、ま、平均八千円というのが相場だった。飯《はん》場《ば》暮しは別として、山谷あたりで集められたのは、送り迎えでこんなところか。八百円から千五百円くらいの宿代《ドヤしろ》で、風呂は共同、近くに銭湯もあるし、食堂は大繁盛、食い物の種類も多く、結構高くなった、とはいうが人夫相手のことだから、それは安い。東京一安いだろう。だが、一種異様な臭いがある。談志《あたし》ぁ平気の平左で、むしろ好きだが、並みの人間はなかなか入れない。

「師匠、変に買い被らないで下さいヨ。臭ェスヨここは……」

臭いけど、この場のこの商売、結構利潤が上がる。悪くない。

いい稼業だネと思いきや、この節のこの頃の人手不足は深刻で、この人夫入《ひとい》れ商売《かぎょう》にも当然及び、加えてライバルが出現したという。

読者諸君、そのライバルはなんだと思う。

私も落っちゃんに聞いて驚いた。

なんと自衛隊なのである。

「本当スよ。ホラ、あそこ、あれ、あいつ、あれ自衛隊の入れ方だヨ」

出稼《でかせ》ぎを狙っているのは人夫屋ばかりではなかったのだ。

我が日本を、御国を守る自衛隊。時と場合にゃ、アラブの地に飛んで砂漠の中で難民輸送を、魚雷の撤去も仕出かそうという、忠勇無双の、あの我が自衛隊である。

それが、なんと「あゝ上野駅」で、「いかがでござんす、よろしかったら人夫にならず我がほうへひとつ、よろしくお入りの程を……」ときたもんだ。

これ末世といってもよさそうだ。いや失礼、平和日本のシンボル、象徴であろう。

「でもネ師匠、自衛隊にネ、五人入れても、ま、残るのは二人でネ、その残った二人も時間の問題だネ」

自衛隊は出稼ぎには向かないらしい。が、あちら様も、こちら様同様に、員数集めをせにゃならぬ、なのである。

「早い話人数が足りなくて困るわけだネ」

「困るスよォ、現場をまかされている我々は……」

「うちに若いのがゴロ〳〵してるけど、あれ、いつでも貸すよ、連れてっていいよ」

「落語家の若ェの？」

「そう、うちの弟子共、暇だし、することもなさそうだから、ちょいと連れてって、しごいてよ」

「駄目っスよ」

「駄目かネ」

「こないだもネ、員数がたりなくて、数さえそろえばってんで、四人ばかり男娼《かま》をぶっ込んだスよ」

「はあ、男娼《かま》ね、駄目かね」

「駄目々々、二メートルぐらいのところに上げたら、〝キャー怖いー〟だとヨ、〝キャー〟って面《つら》じゃァねェスよ、だいたい男娼で食えねェから来てるんスからネ。機材担がせりゃァ、重い〳〵って言いやがるし、木材肩からおろすとき、〝ヨイショ〟って科《しな》ァつくりやがった。そのくせ、ちゃんと金だけは取りにきやがって、〝ねェー今晩暇ァ〟……だってやがんの」

落ち目の「人夫男娼《にんぷがま》」に誘われたんじゃァたまらない。

「東南アジアはどうだい」

「使えねぇスよ」

「トロいからかい」

「そうじゃねぇスよ、見つかると罰金、これが高いんスよ」

「へえー、結構キツいんだネ」

「キツいっスよ、現場に八時、まず、ラジオ体操。仕事中、くわえ煙草も駄目、小便も禁止だヨ」

小便禁止とはプロ野球の審判並みだ。

でも何のかんのと現在《いま》や落田商事は順調で、その業界での信用は絶大だそうな。

大手の建築屋の下請業者として、落田商事は信用がある。

もっとも信用があるのは今日《こんにち》のこと、ここまでくるにゃあ、ずいぶん乱暴なこともした。

Ｆ工業といえば一流も一流、超一流である。その超一流サンから、東京都心は越中島《えっちゅうじま》に十二階建てのビルをつくるについての依頼が、落田商事におりてきた。

コンクリートでビルの型枠《かたわく》をつくるのが、落田商事の仕事であり、責任だ。

勿論その金は出るのも当たり前、ところがドッコイ、その金を使っちまうのも当たり前で、あの気性、あの稼業の出とくりゃあ、見事に使う、使っちまう。

「入ったゾォ、さあ使え」である。後のことなんざあ考えるだけ野暮だ。いや考えるなんざあ、体力が己れを支配している限り、するわけがないのが人間だ。

おまけに、この商事会社の代表取締役は馬が欲しかった。競馬だ。競走馬二頭で金五百万也という馬だったというが、どんな馬だったのか、私しゃ知らないからわからない。が、あまり上等でもなさそうだ。当人だって、ただただ馬が持ちたかったという、それだけなんだ。

「勝ったかい、儲かった？　損かい」

「走らねェ〳〵、二着が一回あったきり。一カ月十五万、この馬に銭が出るしネ」

これが〝飼い葉料〟ぐらいは私にもわかった。

「でネ、あきらめてヨ、馬事公苑に売っちゃったスよ」

「損したの？」

「損スよ」

珍しく落っちゃんと吉原堤で馬肉を喰ったことがあったが、この恨みかも知れない、いや、その馬かも知れない。

だからとて、この時期、馬一筋、と言わないまでも、それに凝って執念を燃やした、という感じはしない。なに馬ばかりでなく、他の話にも見えない、聞えてこない。

なんとなく、すべてが軽いのである。

いや、軽く私に聞えたのも、彼一流の生き方、つまり人生の芸かも知れない。

ビル建設の基礎をよろしくと頼まれての「型枠」というコンクリートの基礎工事。その支度金ともいうべき金の中から馬に払って、手前ェに払い、乾分《こぶん》に「酒代」「遊び代」を払っちまったから、誰が聞いたって足らなくなるのは当たり前。

十二階のビルが四階までできたが、金がつまって先に進まない。

相手は当然困る。困るが、正面切っても言いにくい。「約束違反で訴える」のなんぞ言ったら最後、相手が相手だ。商事会社の代表取締役様だ。なにをするかわからない。

「なんとか、あとの工事を……」

「金がなくなっちゃったスよ、もう少し出して下さいヨ」

「でも、あの、出しているはずで……」

「足んねェスよ」

「あと……、あといくらぐらい……」

と、これは、さんざん約束の金額プラスを引き出したあげくのお馬の一件だ。さすがに相手もたまらない。

「じゃあ、ひとつ、手ェ引いていただいて……」

「冗談じゃァねェスよ、大工始め五十人も入ってる出方《でかた》ァ、どうしてくれるんだ」

こうなりゃ、本来の姿が出るネ、代表取締役は黒の皮ジャンに両の手ェポケットに突っ込んで天井眺めてる。

この五十人の出方をどかせて他所《よそ》から、とは落っちゃんはさせない。また落っちゃんと知ったら後は引き受ける者ァ、まず居ない。

で、また示談という話し合いと相成る。が、相手は示談金を〝取られた〟と言い、代表取締殿は〝いや払って貰った〟と言う。〝いえ払わされた〟〝いえ貰ったのだ〟とやってるうちに、相手方は、これまたごくごく面白くないから訴える。で捕まる。

と、ごく話は普通に進む。これが民主主義。

結果、別荘へお引っ越しーィ。

こんなこたァ、ガキでも判断《わか》ろうと思うのだが、どうもそうではないらしい。つまり、ワカるにもなんにも、そんな事態を別に異常と思わないのだ。いままでそれで通ってきたのだし、生き続けてきたのだ。生きるということはこういうことをいうのであって、そのケースでずっと変らずに生きてきたし、人間、それで生きられれば、なにも別に、先のことなど考える必要はサラサラない。現状に満足する。これを「幸福《しあわせ》」といい「富」というのである。

「人間は考える葦である」とかなんとか、パスカル・ペレスは言ったと白井義男が言っていたが、体力では世の中に生きられない奴がモノを考えるのであって、「学問なんざァ貧乏人の趣味である」。くどいようだがそれで保《も》ちゃあ、ナニ、人間考えるこたァない。別段、相手を騙そう、なんていう了見は、我が落っちゃんには微塵もない。つまり成り行き、人生に自信をもっているし、金につまるまではキチンと仕事はやっているのだ。ただ、それがうまくいかなかったというだけなのだが、でも世間の常識はこれを犯罪といい、罪名は恐喝。で、懲役一年と六カ月。

任侠受け咄、お後《あと》はバクチ。イカサマの一席と続く。

主人公御歳《おんとし》四《し》十代の半《なか》ば頃だ。

よく一緒に遊んでいた友達がいたという、友達とはいっても、ま、お旦《だん》だ、旦兵衛《ダンベエ》である。お旦、旦兵衛でわからなきゃあ、早い話がスポンサー。

このスポちゃんと〝酒だ〟〝女だ〟と落っちゃんは一緒に遊んで居たそうな。

酒だ、女だ、と来りゃあ、残る一つも時間の問題。

落語の枕に、

「えー、世の中、三道楽煩悩《どらぼんのう》といって、酒と女とバクチは男の病《やま》いのようなもんですが、この三つの中で、どれが一番よくて、なにが悪いか、と順をきめたら、何と意外やバクチが一番いいんだそうで……。

酒と女は歳と共に弱まるし、駄目にもなるがバクチばかりは骨が舎利《しゃり》になってもやまないというからバクチが一番よくないんじゃあないかって聞きましたらな、

〝そうでない、バクチ打ちの親分てのはあるが、女郎《じょろう》買いの親分てのはない〟ってまし

たがネ……」

　とある。

　けだし名言、さすが落語家、いいことを言う。

　三つのお遊びを一緒に楽しんでいた相手をある日、〝殺しちゃおう〟と変るのだから凄い。これまた成り行きだ。〝殺す〟ったって〝人殺し〟ではない、バクチで殺すのである。

「だって、お旦とはいえ、兄弟々々といってつき合っている仲間だろ、友達《だち》だろう」

「そうスヨ」

「それを、また何で……」

「何でって、金を持ってるからネ」

　これだから相手はたまらない。

　五百万ずつ、二人が持ってくる。

　とはいえ落っちゃんのは見せ金で、どこかで借りてきて、チョイ見せるだけ。

　その金で勝負が始まる。花札賭博、バッタというお馴染みの遊び。人数は五、六人、全部落っちゃんのお仲間。このお仲間にその一千万の金をまわして勝負が始まる。

　札《ふだ》あ、撒《ま》いてる奴は、札を知ってるから、お旦以外にこれを通す、つまり「通《とお》し」というイカサマだ。札を縦に持ったら「半」、横にしたら「丁」てなもんで、ごく初期のイカサマである。

ちなみに、これは札に傷を付けてあるから蛍光灯では駄目、昔ながらの電灯でないといけない。

「電灯（伝統）を現代に」がここにも生きている。家元のモットーと同じだ。

会場……、なに会場ってほどのもんじゃあない。平家《ひらや》の座敷だ。普通の家《うち》だ。

「煉炭ガン〳〵おこっててネ……」

また煉炭が出た。煉炭が出ると話はヤバくなるのが落っちゃんの人生だ。

「次は酒、ガブ〳〵飲ましてさ」

あっという間、三十分、いや精々一時間だ。相手の出した五百万とそれプラス他に持ってた三百万、計八百万円を取っちゃった。取った現金は八百万だが、このスポンサーの元友人は、結果負けが二千五百万までいったという。

残りの借金《ほし》は後で払う、といったが一年たって三百万持って来ただけという。

「何で取らねェんだい」

「だって、捕まっちゃったもの」

「何で捕まっちゃったの」

「バクチ場に、その旦兵衛が一緒に連れてきていた女が、この野郎ともめて警察《サツ》に喋りやがったんだ、女は怖いヨ」

だとさ。

この事件が新聞に大きく出た。昔、私も読んだ覚えがある。

「暴力団、いかさまトバクで五千万円」

「あれかい、落っちゃん」

「そうスよ」

「だって真実《ほんと》は八百万だろ」

「そうスヨ、一千万円にもいってないスヨ、それを五千万円なんて、まったく新聞は嘘ばかり書きャがる、困ったもんだヨ、第一さぁこの新聞読んでうちの親分、〝オイ、落イ、大分もうかったなぁ、俺ン処にいくらか持って来い〟とさ。冗談じゃあないスヨ」

これまた結果サギと併用のバクチで、つまりバクチサギで一丁上りの一年半。執行猶予なし……は、当り前。

任侠の世界に住む御方《おかた》たちは、めったに笑わない。——これが私の印象である。考えてみれば正解で、相手に威圧をかけて生活《くら》している連中が、笑った日にゃァしまらない。だいたい「笑い」というのは緊張の解けたときであり、筋肉が弛緩するから笑うのである。

ヤクザが笑ってはいけないのだ。

そんな事とは露知らぬその昔に、落っちゃんが私のために落語会を開いてくれた。くれたはいいが、どの道「付《づ》け売《ばい》」だ。相手は仕方なく切符は買うが、興味の対象で買ったのでは〝御《ご》左《ざ》無く候《そうろう》〟だから、会場には来ない。

つまり切符は完売だが客席はガラ〳〵だ。面目なさそうに落っちゃんは乾分《こぶん》を集め、走らせ、電話させ、客を会場に誘っている。

「なんで聞きに来ねンだ、バカヤロウ」

で、いくらか、それでも集まって来た。でもガラ〳〵はガラ〳〵である。で仕方なく乾分、兄弟分が客席に坐って私の高座を聴いている。これも員数合わせの口だ。

どうやら二席喋って手早く終演《ハネ》。

「どうも師匠、ご苦労様、客が少なくて済みません、でも切符は売れてんスよ、雨が降ったのがイケなかったスね」

「あんまり受けなかったネ、落語は合わねェんじゃねェのかい」

「そんなこたねェスよ。受けてますヨ、皆んな面白かったっていってますヨ、師匠人気ありますヨ」

「そうかネ」

「そうスよ、自信もって下さいヨ」

「だって笑わねェじゃねェか」

「笑われねェスよ」

「なんで」

「だって、笑うと仲間から馬鹿にされますからネ」

ヤクザが笑ってはいけない、ということをこの時初めて私しゃ識った。

落っちゃんはものを持ったことがない。正式にいうと、いや正しくいえば持っている姿をみた事がないのである。

背広のときでも、ジャンパーのときでも、常にポケットに、それもズボンのポケットに手ぇ突っ込んで前かがみでいる。

「あんた、モノを持ったのをみたことがないけど」

「持たネスヨ、モノなんぞ持つもんじゃねェスヨ」

「持っちゃイケナイの」

「イケネスよ」

「何で？」

「かっこ悪いスヨ」

成程々々、モノなんぞ持っている姿ぁカッコの悪いもの、みっともいいもんじゃあない。

その昔、清水金一《シミキン》の文句でいえば
〝みったアなくて、シャーねェ〟である。モノなんぞもつ奴は、女にもてない。もたないからもてるのだ。モノを持たないということについては徹底していて、旅に出ても同じくで、

「九州の博多に三十人ぐらいで旅に行ったスヨ」

「殴り込みかい」

「ゴルフすヨ」

「はぁ、ゴルフね」

「コンペっすヨ」

「はぁ、コンペね」

「ホテルのフロントに三十人、誰《だ》ぁれも荷物持ってねェんでホテルの奴あ変な面《つら》ぁした

ネ」

そりゃ、そうだ、大の男が三十人、ホテルのロビーにたむろして、何《なん》にも持たないそのまんまロビーにいる。まして笑わない。あまりベラ〳〵喋らないしおまけに、何せ、あの髪型のあのスタイルだ、相手のホテルはさぞ怖かったろうに。

私も、モノは持ちたくない。カッコのよさ、悪さ、の問題ではない。モノを持たないで歩く楽しさを、持つということが奪ってしまう。持って廻った書き方《かた》だが、モノを持たないで過す楽しさは、モノを持ったことによって解る、のではなく、モノを持たないで歩いて初めて解った。（くどいネ）これまた落田先生の教えの賜物《たまもの》である。いや、体力が落ちてきただけのことかも知れませんな……。

落っちゃんの親分とも私は親しい。落っちゃんのように、足も洗わず一筋に親分に尽くしているのも近頃珍しい。でも親分はさほど乾分《こぶん》の面倒をみているとは思えないし、みえない。

その親分に頼まれて名古屋に講演に出掛けた。主催は一流企業である。落っちゃんも一緒で新幹線に乗り込んだ。

弁当食べたら便所に行きたくなったから、行ったネ。

昔の都々逸に
　急行列車の便所に入り
　　坐ったトタンに四里《しり》走る
てな馬鹿々々しいのがあったが、そんな文句を想い出し出し、ゆっくり長旅ときめた。

二十分ぐらい入ってたかな。さすがに飽きて出て来たら、ドアの前に落っちゃんがいて、

「お後《あと》かい」

「いや、ハンケチありますヨ」

「なーに」

「いやネ、これもネ、ま、一つのシキタリなんで、客人がトイレに入って、出た。手ェ洗うのに若い衆がタオル持って待ってるんだけど、今日は誰も若いのがいないから、ま、親分の手前、俺がその役でネ」

「するとなにかい、俺が入ったときから、ここに居たの、ハンケチ持って」

「そうスよ」

「おい、よせよ、申しわけねェよ、冗談じゃァねェ、そんなこったらすぐ出て来たのに」

「……」

「ま、いいスよ」

「ご免よ、今度、落っちゃんが小便するとき俺がポコチン持ってやらァ……」

「いいスよ」

会津若松に山崎作意《さくい》という福島県会副議長まで務めた先生がいて、この人が私を可愛いがってくれた。で、頼まれると、よく応援に出掛けたもんで、だから、私しゃ会津はくわしい。

この先生の応援演説がまた凄い。衆議院選の応援だ。

「早いハナシ、ここから七頭の馬が出るんだ。勝ち馬に乗らねェと配当がねェゾォー」

その通り、間違いなし、異議なぁーし。

「ねェ、先生、沖縄返還で核抜き、本土並みって揉めてますが、あれ、どう思います」

と私だ。

「なーに、アメリカで置いてくってんだからもらっとけ。買いてえ奴がいたら売りぁあいいし、撃ちたきゃ、そっから撃てばいい……」

「色紙を書いて下さい」って言ったら、「政治は嘘をもって真実《まこと》となす」とあった。

見事であった。

この先生が危篤《あぶな》い、というので会津に行くべく上野の駅にいったら落っちゃんが居た。

「どこ行くのォ」

「会津若松」

「一緒に行く」

って……、勿論手ぶら、何も持たず、私が独りで淋しそうにみえたのか、自分が淋しかったのか汽車に乗ってきた。

で、向こうへ着いたら、山崎先生、私を待ちながら、いま、亡くなった、という処に入室《はい》っていった……。その話は別にいい。

で葬儀まで芦《あし》ノ牧《まき》の湯に落っちゃんと入浴《つか》っていたネ。

見舞いが葬儀となり、私も弔辞を読まされた。

「先生、勝ち馬に乗らねェと配当はねェよ、はよかったですネ」

と喋り、

「先生、葬儀は盛大ですヨ。外は雪です……」と締《し》め括《くく》った。

その間、火の気《け》の無い会場の外で落っちゃん黙って寒そうに待っててくれた。

そのまま汽車で上野に戻った。

「師匠、家《うち》の出物があるけど買わない？」

って来たネ。

「家ねぇ」

「買ったほうがいいよ、あの新宿の家は狭くて汚えしさ……」

まあ自慢じゃないが、ちったァ他人《ひと》に知られた芸人で、いや政治家で、私ほど狭い汚い家に住んでいるなあ、まずいまい。

汚いのは手前の勝手だが、とにかく狭い。家族四人が重なり合って寝てる。でもこれが家族、スキンシップだと信じてた。いまも信じてる。

だいたい、東京生れには、〝我が家〟という意識は少なかった。借家住いが当たり前で、家なんざァ持つ奴の了見が知れねェ……であった。

「いくら？」

「三千万ぐらいかね」

「銭がねェよ」

「その家を担保にして借りりゃァいい」

「誰から」

「銀行よ」

「はあ、銀行ねぇ」

私しゃ、銀行なんというのとつき合いがなかった。質屋も知らない。つまり〝貸し借り〟が嫌いなのである。郵便貯金と、銀行の普通預金だけだった。家ィ一軒買うにゃァそれだけでは足りない。まるで足りない。

で、今だから話すが、ある御人《おひと》の処に金を借りに行ったもんだ。相手の役職は大蔵大臣だった。

「ウー、金ねぇ、何に使うの？」

「家を買うんです」

「アー、いくら」

「一千万……」

「一千万、アー、ウー、一千万で家が買えるかネ」

「二千万」

「二千万で家が買えるかネ」

「三千万……」

まるで落語だ。で三千万借りた。

ところが、この借りた金に利息が付いてる。当たり前だが、さあ癪に障《さわ》った、腹ァ立った。一杯引っかけて大臣室に行ったネ。

「冗談じゃァねェよ、江戸っ子が何も言わねェで面《めん》を冠って金ェ借りに来たんだ。恥ぃ忍んで来たんだ。なのに利子ィ付けるベラ棒があるかい……」

これ本当、本当にこう言った。

ところが相手はもっと凄かった。見事な答弁だった。

「アー、そう、いやァー悪かったねぇ、あのーアー、松岡君（本名があるのだ）、利子を付けないとキミのプライドに障るんじゃァないかと思ってねぇー、ご免〳〵……」

これには参った、驚いた。とてもとても敵《かな》わない。役者が違う、ケタ違いである。「はあ、成る程ォ……」とは思ったが、「ちゃんとしてくれなきゃ駄目だい……」とかなんとか言ったもんだ。

たしか、その利子は大臣が払ってくれたと記憶している。

「いっさい記憶にございません」ではない。

「こちとら記憶にあります」でアリマス。

さて、家は買ったが、家族が狭い汚い新宿の家から越して来ないのだ。理由は一つ。買った家が練馬の奥だから、〝新宿の伊勢丹から遠くなる〟と、それだけだ。誰ぁれも居ない。百坪あって、部屋も二階と階下《した》で十《と》部屋ある。便所が三つ。どういう理由《わけ》か冷蔵庫が六つ、冷凍庫が一つある。口惜しいので、家元《あたし》ぁこの家に〝独り淋しく、物凄く〟住んでいる。

これを唯一の財産というなら、家元の財産は落っちゃんのお蔭。

五年ばかり以前《まえ》に中近東はバグダードで独演会をやった。会場はオール日本人、商社と大使館と建築現場、土方から鳶《とび》から、一級建築士まで居る……と、土方か鳶か、どうみても一級建築士サンではないのが、そばに来た。

「ねェ、あの練馬の家ィ、落田さんから買ったろう……」

遠い砂漠、バグダードで落っちゃんの話が出た。売れてんだネ、この道の人達には……とあらためて感心をしたっけ……。

その家も風化した如くに古くなり、雨漏りがして風化が風格になってきた。大事にしている……。

酒が入ると、〝スッ、いつも師匠スイマセンねェ〟とくるけど、済まないのはこっちのほうで、これは銀座の「美弥《みや》」という私の行きつけのＢＡＲでのこと。

　マスターが、

「師匠、こないだ上野の寿司屋にいったら、落田さんがいてネ、喧嘩してんだヨ。相手は太ったでっかい奴。何で喧嘩をしてたかと思う」

「知らナイヨ」

「師匠のこと、そのデブが師匠の悪口ィいったらしいんだ」

「よくあるケースだ」

「で、落っちゃん、表に出ろ、この野郎」

「どした」

「相手《むこう》があやまってたけどネ……」

　落っちゃん、常に私に言う。

「ねェ、師匠、面白くねェ奴がいたらいって下さいヨ、やっちゃうから。ビートたけしの奴あいさつに来るんですか」

「来ないヨ、上納金も納めねェ」

「やっちゃいましょうヨ、娘さんの結婚式にも来ないしさ」

「いいんだヨ別に、忙しいだろうし」

「よくねェスヨ」

親切な御仁《ごじん》なのである。で、親切の礼をいわねばと思っていたら、上野広小路のところでバッタリと会った。

「チョイ待っててヨ、喫茶店《たんぽぽ》にいるから三十分後《あと》に」

というので見計らって行ったらいない、来ない、電話もない、それっ切りだ。半年後に会って聞いたら、刑務所《もって》いかれたという。

「いえネ、揉め事があったんで話をきいてたら、相手が〝恐い〟とかなんとか言いやがったんだ。別に脅かした訳でもないヨ。〝恐い〟ったって、いつものこの顔だヨ。普通だろ」

「まあね」

「〝まあね〟はねェだろう、師匠」

「どして捕まったの」

「脅しだって。〝脅かしてねェ〟っていっても駄目なんだ。警察《サツ》の言うにゃァ、〝なんでお前がそこに居なきゃならねェんだ……〟って。これだけ」

「それだけで半年」

「そうスよ」

キビシイー。けどホントかねぇ、でもホントなんだヨ。だから、「キビシイー」。

で半年たって寿司屋の礼をいった。

「談志は生意気だっていやがったからネ、〝手前ェつき合ったことあんのか〟ってったら、〝ない〟ってさ。〝ねぇのに言うな、この野郎〟ってたらヨ、ま、謝ったけど相手は空手五段だってよ」

「よく、謝ったネ、相手《むこう》も」

「俺のことを、まわりで知ってて、いったんだろ。でなきゃよ、ヤバいヨ、ヤバかったよ」

いやはや、ドーモ、何と申してよろしいやら……これも友情というものなのか、はたまた贔屓の引き倒しとみるか。

いや断じていう、これが任俠《おとこ》の友情である。これを友情といわずして、〽どこにこの世の夢がある……と藤田まさと先生だ。

〽義理と人情を秤《はかり》にかけりゃ、義理が重たいこの稼業

とか。その義理代金は、一月にどのぐらいかかるの？　と、いつもの通り寿司屋で聞いた。月に一度の総会のときは五十五万、いま上って八十五万だ、個人の義理が百三十万という。

ところがこの義理、ほとんど「理由有《わけあ》リ」だと落っちゃんはいう。中身は冠婚葬祭だが、

冠婚祭はそうはない。

　で残った葬儀に「ワケアリ」を作る。「叔父が死《ろく》っちゃって……」「女房《かかあ》の弟が……」「舎弟の親父が……」と親類知人を片っぱしから殺すのである。

　普通の民家《うち》をチョイと借りて、

「坊主もいいかげんだ、慣れてやがる。早エのなんの、サワリだけ」

チョイと経あげてすぐお帰り、あとは届いた袋の中身の、義理の金勘定。

だが義理のうち、十回に一回は本当のこともある。十回に一回がワケアリではない。九回がワケアリで本当《ナマ》は一回。

「本当《ナマ》のときは困るんだよな」

「何で」

「だって、もう以前《まえ》に二度も殺してんだから」

「成程……で、どうすんの」

「……ねぇ……」

　だとさ。

　あとは開店祝い。

クラブを一晩だけ借りて花輪を並べ、麗々しい案内状に、此度《このたび》私儀、クラブ××を開店いたしまして……、とやって、ハイご苦労さん。パチンコ屋を一日だけ借りてこれまた同じく、とワケアリの儀だ。

「義理が廃《す》たればこの世は闇だ、というけれど、こう義理が盛《さか》っても困るスよ……」とワケアリ気《げ》に言ったっけ。


「俺なんぞ、商事会社で、そこそこやってるけど、本当は稼業としてはいけねェんでしょう、と思うスよ。でも、ま、時代スかネ。もっとも会社員なら、もう三十年スよ。こちとら退職金も出ねェ。もしやめても二十四万だからネ。交通事故でももっと取れるスよ」

なんでいけないのか。やめると二十四万円だからなのだ。きびしい話である。とはいうものの、談志《わたし》の稼業にも退職金はない。

それにしても二十四万円というのは、前にも書いたが、どこから出てきた数字か、その基準のほどは知らないし、聞かないけれど、家元何故かこの退職金の額が気にかかって仕方がない。

私は生来、〝何故〟、〝どうして〟、と聞くガキであった。

それが落語界に入り、見事に〝生意気〟とやられ、つぶされた。でも「持ったが病い」

で治らない。でも、まあ何とか一人前以上に食えるようになると、また始まった。〝何故〟、〝なんで〟、〝どうして〟、と納得のいく答えの出るまで、出すまで、議論し、漫才の三球の台詞じゃないが、〝また今晩眠れなくなっちゃう〟……のである。

だが、疲れる歳《とし》ともなったので、あまり、「何故々々」はやらないようにしていて、それを我慢、放って置く楽しさ、みたいな中途半端を落っちゃんに見出している。

なんで二十四万円なのか、その辺がいい。

それでいい、放っとけ、である。聞くなヨ、である。


「師匠、ヤクザとつき合っちゃァ駄目スよ。所詮ヤクザはヤクザですヨ……」とも言った。

「あんたもヤクザだろうに……」なんていう野暮は勿論のこと、落っちゃんの生活の中に私は入っていかないようにしている。ようにしているのではなく、入っていないし、お互いに入らない。いや、入れない性分なのかも知れぬ。

それは江戸っ子、というか、東京下町生れの照れなのか。それも考えまい。分析すまい、なんでもいいや。物事を深く考える奴にロクな者《もの》ァ居ない……。

いつまで書いていてもキリがないので、そろそろ締める、いや、やめる。

なんと地元でチンピラにゴロまかれた話、ハワイの税関での出来事、最近の暴力団の勢力争いの展望、彼の政治論、ｅｔｃ、といくらもあるけど……、そうだ、労働組合を作った話を最後にしよう。

某月某日、落っちゃんの親分から電話だ。

「師匠、今度我々で労働組合を作ったんで、その発会式が上野の水上音楽堂でありますんで、是非御出席いただいて、祝辞をお願いします……」

と言う。

「いいスよ」

と落っちゃんの口調で電話を切って、落っちゃんに電話。

「ねぇ、お宅の親分《やじ》から電話でネ、今度労働組合を作ったから、そこで挨拶を頼むってんだけど、なんだい、労働組合ってのは……」

「じゃァ、今晩寿司屋で会いましょうヨ、そんとき、話しますヨ」

「電話じゃ駄目かい」

「会いましょうヨ、そのほうがいいスよ」

で、会うことになる。だいたい、会うときのケースはいつもこれだ。

「暴力団が労働組合かい。ゴロツキが何でまた……」

　わざと、こういう言葉を私は使う。

「前に話したじゃねェスか」

「知らねェよ」

「人の話を聞いてねえんスね」

「そういうわけじゃァないけど、忘れちゃったのかね、酔ってたかな」

　落っちゃんの曰く、つまり、一口にいえば、我々は暴力団でも、ヤクザでも、任侠でも、ともかく、一応は右翼思想である。とはいえ、右翼思想を具体的に説明することは出来ないし、出来ても穴だらけの、文字通り勝手な理屈で、精々許してもらって、趣味程度だろうが……。

「左翼に労働組合があって、右翼にないのもおかしい、というのが本心だ」と親分の弁。

「なァに、いくらかカスリを取ろうってんじゃァねェスか」が落っちゃんの弁。

だが、成程左翼にあって、右翼にないのも妙だし、またあっても不思議はないし、いやないほうがおかしい、とこの発想は気にいった。さすが親分、伊達《だて》じゃァない。

行ったヨ、行きました、上野の水上音楽堂に陽春《はる》の日射しはうららかであった。結構、客（?）というか、右翼労働組合に人は参じてきている。一見ブルー・カラーのピクニック、というお見立《みた》てであった。

祝辞になにを喋ったか忘れたが、結構、そこ〳〵うまいことを言うのが家元。でもけっして己れは売らない。なんのかんのと人間論、文明論など吐いて、そこそこ拍手をもらって降壇した。

式次第も終って、「じゃァ、また」と親分と別れて受付けに……。

言い忘れたが、受付けにはあの姿あの顔がズラリ、小指《ゆび》の無いのもゴロ〳〵していて、笑顔のない、荘厳な会釈を私にしてくれる。

親分が通りかかって、

「おい、落田、師匠にお土産を沢山……」

沢山といっても、仕出し弁当と、ミカンと、風船と、二合ビンの酒だ。

「もう沢山」とこっちの弁だが、断りにくい相手なので「どうも、すいません」「もう沢山」が「もっと沢山」の相手のペースになって、とうとう、山ほど落っちゃんが持って近くの鈴本まできてくれた。

「あー、驚いた。みてたかい、俺が祝辞を終って親分の隣の席に坐ったら、そしたら親分ぶ厚い財布から、一万円札を五枚、一枚々々数えて、俺にご苦労さんって出したんだ」

「見てたスよ」

冗談じゃァないよ、皆な見てんじゃねェか。

「断ったスか」

「貰ったヨ、しょうがねェもん」

後にも先にも、彼らから貰ったのはこの五万円だけ。五万円ならとも思ったし、向こうがそれで気が済みゃいいし、とは思ったが、どこから五万円という金額が出てきたのかネ。この程度の芸（?）と思ったのかも知れない。

春うららかの真っ昼間《ぴるま》の水上音楽堂の客席、親分の晴れの場所、取り巻く面々、そこに家元。一万円札を高々と一枚々々数えて、〝さあ、どうぞ〟とくれた親分の姿、全く、ナンダカワカンナイ。

私しゃ、物事、つまると、〝あー、ナンダカワカンナイ〟〝気にしない〟で止めちまう。この思考ストップは、私の人生の最大の恩師、故田辺茂一紀伊國屋社長ゆずり。

我が家の、仲間の、立川流の解決法は、最後は「あー、ナンダカワカンナイ、気にしない」である。

「なぁ、落っちゃん、あの労働組合よォ、あれもワケアリじゃねェのか」

「そうスね」

といったかどうだか、忘れたけどね……。

「この稼業から足を洗う、ということは出来ないの？」

と本気で聞いたこともあった。別に彼、落田八郎氏のことではない。ただ、任侠の人が、この世界から違う世界に、つまり堅気になりたいとき、それが可能なのかを聞いたのである。

答えは、「駄目スよ」であった。

よほど失敗《しくじ》ったり、または、置いといてもカスリも取れない奴ァ別だが、そうでない、儲かっている奴ァ許さない。許すにしても「億の金を持ってこい」だし、また儲かっている奴ァ、カスリなんざァ屁で、この稼業のプラスを充分に利用しているから、逆にやめる奴ァいない、と言う。げにもっともの話で、理屈はちゃんと通っている。

落っちゃんは、この一家の生《は》え抜きだが、任侠の道でも、任侠ばかりでは通らないのはどこの世界も同じだろう。

つまるところは金である。金のある奴ァ、上にいけるし、また上になっちまう。「金が敵の世の中」というが、金がなければ何も出来ない、通らない。日本経済の、日本人の生き方が、この世界までしみ込んでいるのだ。

金をため込んだビジネスヤクザが親分の跡をとる。当然、その配下に落っちゃんはなる。

いままで呼びつけていた奴を、親分と呼び、会長と立てるのだ。

「仕方ねェスよ、でもいつかまた身体を張るときがきますヨ」

「そうかネ、張るかネ、張れるかネ、この歳で」

「張らなきゃ、仕方ねェでしょう」

　また寿司屋での話であった。

　あっさりと　恋も　命もあきらめる
　　江戸育ち程　悲しきはなし

吉井勇かな、違うかも知れない……。

「師匠ねぇ、いろいろ考えたスけどネ、今度新聞出そうと思うスよ」

「何でまた……」

「いえネ、真面目《まじ》でなにか言うと、すぐ恐喝になるスからネ。新聞で書きゃァ、むこうが恐怖《ぶる》っても恐喝にならねェスから。でなんかきたら師匠ン処にやりますから、ここで示談にしようと思うんスよ。で、あがりは折半《せっぱん》……」

　立川談志、あらため立川示談である。

「嫌やだヨ」

「いいじゃねェスか、そのぐらいの恩返しはさせて下さいヨ。現代《いま》はこれが、一番稼ぎやすくていいスよ、ねぇ師匠」

「ペンは剣よりゃ強いスね……」と言ったヨ。

これ、本当の話だヨ。全部《みんな》、本当の話だよ。

ウエスタン受け咄

ジミー時田。カントリー&ウエスタンの唄い手で、こ奴の唄ぁ天才的である。

高音がきいて低音がいけて、厭味のない中音で唄い語り、ヨーデルがいけて、英語は完璧、ときおりみせる、漆黒の中に絹の糸を引くかの如き唱法は、思わず毛穴がゾク〳〵ッとして鳥肌が立つ。結構な芸だ。まして、こちとらにはよくわからないアメリカ語の歌なのに……。

チョイと気どったステージだと思う客もいるが（私の年齢でいう、スカしてやがるである）、見事な唄だ。こ奴より上手《うま》い唄い手を知らない。〝俺はうまいよ〟と気どってる若い歌手を相手に「俺はお前よりもっとうまい歌手を知ってるよ」「誰です？」「ジミー時田だ」「あ、ジミーさんじゃあ仕方ない……」とよく言わせたもんだ。

忘れもしない、ある年のクリスマス・イブだった。

「なあジミー、俺、今晩六時半から仕事で、キャバレーやクラブを十軒ぐらい回るんだ。一緒に来て唄ってくれよ。歌ならウケようがウケまいが、歌い終わりゃあ、一応は片がつくからよ」

「いいよ」

当時、クリスマス・イブは店も女も一年で一番の稼ぎどきだった。まず「スリーA」という三流の新宿のキャバレーだ。客はギチ一杯に詰まってゴッタ返し、ウォン〳〵の雑音、嬌声、〝えい、喋《しゃべ》るのも面倒だ〟と、いきなりジミーを紹介してのアービング・バーリンの傑作、「ホワイト・クリスマス」が始まったら、なんと場内ピタッと騒音は止み、シーンとしたキャバレーの隅々まで、奴の甘い唄声が沁《し》みとおって、客も女給もウットリと聴いているではないか。

わが友ながら、あらためて、こ奴は名人なのだと思った聖夜《クリスマス・イブ》であった。

ときに仲間が集まって、ジミーのギター一丁の弾き語りを聴くときのよさ、なんてもなあ、ない。無報酬で弾き、唄うときのほうが、正式（?）のステージより、はるかにいい。

悪くいや、素人芸ともいえる。

これを夜ごと、酒とともに聴いて過ごした私の青春は贅沢であった。

なに、ジミー一人ではない。全盛のマヒナスターズの色事師、松平直樹に唄わせ、田端義夫《バタヤン》に、三橋美智也、春日八郎に唄ってもらい、ディック・ミネに、薗田憲一とデキシーキングスに奏でさせた日々、いや夜々は、「我が青春に悔なし」であった。これらは現在でも続いていて、家元は幸せである。

もっとも、世間はこれをみて、「相変わらず談志の奴ぁ乱暴、横暴、我儘《わがまま》」と言っているようだが、「バカヤロウ、俺様のこれらの人たちに遣う心と手段《てだて》を、過去を、知りもしねえくせに……黙ってろいアンケラソー奴《め》」である。

だが、この名人ジミー時田こと時田圭介は、一つ引っくり返すと、相模太郎の「灰神楽三太郎」の名文句、〽馬鹿で間抜けで、デタラメで……同様、〽馬鹿で、勝手で、ワカラズ屋……とこうなる。

一体、こ奴ぁなんなんだろう。こ奴の中身はどうなってるんだろう。頭の中は、過去は、と考えるが、もう長い交際《つきあい》なのに、よく理解《わか》らない。

もっとも、相手は人間だ。理解《わか》るわけはない。どうコンピューターを駆使しても駄目だろう。相手の過去を溯《さかのぼ》って、どう知性で判断をしても無理な話。で、どこかで思考ストップをする。曰《いわ》く、「あいつは片親だから」であり、「このところ機嫌がワルイんだ」であり、面倒になると「あ奴は寅年だから」とくる。してみりゃあ干支《えと》とか、星座、血液型なんて、人間が創り出した思考ストップに対する知恵なんだろう。それに違いない、それに決めた。これも一つの思考ストップである。

ジミーの悪口を書き並べてみる。

手前ェが飲みたい時は「ネエ、何で帰るんだよ。飲みにいこうよ。もっと飲もうよ」のくせに、こちらの「つき合えよ」には平気で帰っちまう。折角仕事を持ってきてやってもグズ〱言って、たとえ受け合っても時間どおりに来ない。来ても、「サァ本番」となったら居なくなっちゃった、なんてことは、数限りなくある。

結果、「あんな奴ァ使えない」となり、何度、「もうやめた」「やっぱり駄目だな、ジミーは……」と思ったことか。

では、なんでジミーといまだにつき合ってるんだ、と言われれば〝腐れ縁〟の一言につきる。他人事《ひとごと》ではない、以前石原慎太郎にTV対談に出てもらったとき、同席の女アナの「なんで談志さんとおつき合いをしてるんですか?」という問いに、慎太郎氏、一言、〝腐れ縁さ〟と言いやがったっけ。

この〝腐れ縁〟という代物《しろもの》、なにか人間の根底にある、とっても大切なものかも知れない。そう思わないと双方の立つ瀬がない。これも人間の思考ストップのひとつか……。

ジミーの悪口の続きを書く。

まず、この名人は妙なところで金にこだわる、唄う場所にこだわる。つまり、セコいのだ。ま、名人だから、常人とは基準が違うのかも知れないが……。だから友だちもだんだんいなくなり、いつも独りアパートで寝ている。奴の人生の大半は「ネンネ」である。

大酒飲みだ。半端じゃない。西部劇そのまま、バーボンのストレートを〝カポン〟と胃袋に放り込む、あのスタイルだ。結果、肝臓はメチャクチャ。現在《いま》は肝臓の薬を食って、余命をつないでいる有り様だが、スキをみての盗み酒は続いている。とにかく、その場にある酒は全部残さず飲んじまわなければ気がすまない。酒に関するかぎりハイエナみたいな奴で、「もうよせよジミー」とうながされて、残ったボトルを横目に未練げに帰る時など、涙ぐましく、哀れである。

酒の次は当然女だが、モテるだけモテた挙げ句、奴の持ち唄の一曲《ひとつ》でもある「五〇〇マイル」を目指した女の数も、もうこれまで、で駄ー目。

過日、仲間と台北に旅した。銭のない名人の敵娼《あいかた》に、みんなでかき集めた四万円を渡し、
「この鶏ガラのような野郎は、実は歌の名人である」と説明して、ギターを探して来ての

弾き語りを聞かせ、納得させてのサァ一番も、結局駄目。〝帰る〟という女を伏し拝んで、深夜のホテルのドアを叩いて一行を起こし、また集めた二万円、「明日に賭ける」の祈りも虚《むな》しく、ただ取られたのを最後に、女の噂はプツンと絶えた。ザマアミロである。

しばらく音沙汰がないので、死んだかなと電話をすると、たいして広い部屋でもないのに、散々ベルを鳴らさせてから電話口でいうセリフはいつも同じ、「父ちゃん、ネンネ」。

思いっきりがワルくて欲張りで、そのうえ、長年の肺病患《や》みだ。

天才ハンク・ウイリアムズは二十九歳で死んだ（二十七歳だとハンク二十七だったのに……）。

「浮世の月、見過《みすぐ》しにけり末二年」の西鶴じゃあないが、ハンクは立派に死んだが、ジミーは死にそこなって、生き延びてケツかる。二十代で死ぬ、と当人も本気で思っていたジミー時田も、私と同い年だから、人生五十をはるかに越えた。仕事は週に一度ぐらいで、あとはいまや看護婦というべき現女房に支えられて生きている。可哀相と思うのはこっちの判断で、勝手な名人は、人気も人生も何とも思わないらしく、肉や野菜の切れっ端とパンの耳を煮て食って、落語を聴いて「ヨォ、オツだね」など言いつつ結構生きてるところをみると、神様もこ奴は問題外にしてるのか、いや、こんな姿で祝福してくれてるのかも知れない。

なにせ、くどいが唄ぁ上手い。あまりの勝手とグズにあきれながらも、奴のステージを聴くと、「オイ、お前、俺の友だちだよな」と念を押したくなるのである。

で、この野郎、ジミーの奴ァ……、もういいか……。

談志《わたし》の識るジミーの履歴書はわずかで、出身は九州都城《みやこんじょう》、「どぎゃんも、こぎゃんもなかとですタイ」の場所《あっち》である。

けれども、とても〳〵九州男児とは見えない。「なら、どう見える」と聞かれりゃ、カントリー・ウエスタン、そのものである。こ奴ほど彼《か》のスタイルが似合う奴はいない。それもそのはず、ジミー時田はこのスタイルしか装《よそお》わない。あとは好きなアーミー・ルックである。いつか、このアーミー・スタイルの彼を見て毒蝮三太夫、「乗り遅れたPKOのようだ」。ウエスタンブームをつくった青春のシンボルも、はや老いたのである。

家元はジミーの素性も知らないし、聞かない。ここには俺様との付き合いで知った出来事だけを書く。

高校は卒業《でた》らしい。で、東京に出てきた。間違いない。それが証拠に奴ァ東京にいる。

英語に興味をもった、と言う。青山学院に通学《いっ》てた、という話もある。青山学院、英語、というのはつながる。納得がいく。これも間違いない。最初はハワイアンだった、という説もある。いまや、それも伝説となっている。ジミーの過去はもはや伝説である。家元も同様になりつつある。

　ウエスタンにしろ、ハワイアンにしろ、どっち道、あっちの道だから、奴は日本の歌ァ唄えない。例外は二曲。岡晴夫《おかっぱる》の「憧れのハワイ航路」と霧島昇の「蘇州夜曲」である。おっと忘れてた。最初《はな》に書いときゃよかったが、このウエスタン野郎と立川流家元との付き合いの原点は、お互いのジャンルが好きだったという一点にある。なんとこのグズ野郎は大の落語好きで、よく落語を識ってる。寄席に通い、文楽に、志ん生に、円生に、可楽に惚れ、その延長に私を選んだらしい。グズと落語は基本的にはつながる。

　そこで、先代柳好の十八番、私の聞いた落語の中では、五本の指に間違いなく入る逸品、『野晒《のざら》し』の中で、美声をほしいままに駆使して唄う「サイサイ節」、いや、柳好節の、〽鐘がぁ、ボンと鳴ありゃあー、上げ潮ォ南サァ……鴉《からす》パッと出りゃコラサノサァ、人骨《こつ》があーるサイサイサイ、

「ようジミー、あれ唄ってくれよ、唄ってみろよ」という私のリクエストに、奴さん、ギターを調弦《チューニング》したね。

余談だがこのチューニングの長いこと、パイポ、パイポ、パイポのチューニング（「寿限無」だね）、これまたジミーの名物。伝説では、チューニングだけでTVの持ち時間が終わったことがあるという。

だいたいチューニングとか、ウォーミングアップの長い奴にロクなのはいない、というのが家元の論法なのだが、それをジミーに言っても駄目。ゆっくり長ぁーく放ったらかして、ポロンとかベロンとかチンチンとか、気の済むまでさせとかないといけない。

で、これでいい、大丈夫、完璧という顔を上げて唄ったサイサイ節は、

〽カネェがボーンと鳴りやサ、上げぇSHI、YOOH、MINAMI、SHWA……

つまり、アメリカ人の唄なんだ。

「駄目だ、こいつは」の一言で、大笑い。ジミーも一緒に笑った。自分が笑われているのに、笑った。

『江分利満氏の優雅な生活』の一節に「戦後はバイア・コン・ディオス・マイ・ダーリンまでだ」。山口瞳の名言だが、私にとっての戦後音楽は「スチールギター・ラグ」に始まった。進駐軍放送は11時30分、ウエスタン・アワーのオープン・ミュージックである。次いで西部音楽史上不滅の巨人、ハンク・ウイリアムズを知り、ハンク・スノーに、ロ

イ・エイカフに、ブルーグラスの佳さ、楽しさを覚えたのだ。

　アイリッシュ、ポーリッシュ等々の、目が青く、色の白いカウボーイ・シンガーたちが、山で、荒野で、故郷を偲《しの》び唄い奏でたのが、このカントリー・ウエスタンであり、簡単にはC&Wと書き、ジミー・ロジャーズという売れっ子が出現し、やがて映画の中でカントリー・スクリーン・ミュージックと称する名曲の数々が唄われた、とは、もう言わずもがなであろう。つまり、「ブルーグラス」ストリングスの魅力である。その対照が「ディキシー」だ。こっちは管楽器のみで……。能書ィ続けると、アフリカの奴隷たちがアメリカはニュー・オーリンズに〝荷揚げ〟され、〝故郷恋しさ〟や〝己れ悲しさ〟〝聖書の教え〟等、いろ〳〵まざり、〝ハラー〟〝ゴスペル〟に〝ニグロスピリチュアル〟、やがて「ブルース」が生まれ、スイング時代からモダンジャズに至る。一方は先に書いたC&W《カントリーウエスタン》、判り易く二つに分けちまえば、「ダンモのクロ」と「ロックのシロ」……、こういう言い方、イケナイの？　あっそう、悪かった、あやまって訂正……。つまりあのォ、白くない、エート……色の……いや、ダンモの外人とロックの外人……これならいい。よく判りそうだ……。

　その素朴なメロディに何とロックを持ちこんだ若者がいた。ヒルビリーにロックを入れて、オンザロック……いやロッカ・ビリーと称した。ご存知エルビスである。

ジミー・ロジャーズのジミーを取ってジミー時田、バカでも出来る芸名で、ついでにいうと、そのころ、ハニー・ロイというストリッパーがいたが、由来を聞かれて、彼女、面倒くさそうに、「イロハニを引っくり返しただけよ」。洒落《しゃれ》てるね。

簡単にきめた芸名で進駐軍のキャンプ回りがそのころの芸人の稼ぎ場で、この時期、この場でどれだけ芸人が儲かったか。奇術《マジック》、曲芸《ジャグラー》、楽隊屋《ドンパ》にダンサー、とくにストリップはキャンプの華だった。

そのうち日本にも食い物が出回り、朝鮮の動乱があってアルサロが全盛となり（関係ねえか）、ジャズ喫茶が出現したからジミーもそこの常連となり、メンバーを集めて「ジミー時田とマウンテン・プレイボーイズ」と名乗った。この頃の仲間に「寺本圭一とカントリージェントルメン」「小坂一也とワゴンマスターズ」、これをウエスタンの初代御三家といった。私はこれらに大野義夫のバンジョーと心意気を加えたい。

先輩にウィリー・ジェームス、現在のウィリー沖山。「チャックワゴン・ボーイズ」は黒田美治だったはず……。

彼らは戦後、東京の街で、若者に、とくに若き女たちにモテまくっていたのである。皆それぞれに男前で、その中でも最たる歌手が小坂一也で、小坂はその後、女優を次から次と……ま、いいや。ここには関係ない。その小坂も死んだ……。

もっとも、中にゃあ、凄《ひど》い面の奴もいた。これまたご存知、いかりや長介。彼も昔はマウンテン・プレイボーイズのベース弾きだったし、ジャイアント吉田は下手ギター、寺内タケシは上手《うま》ギター、尾崎紀世彦も楽団の楽器運《ボーヤ》びから巣立った。例の日劇のウエスタンカーニバルの熱狂は、まだ後である。「ジャズ喫茶」という音楽演奏を聞かせていた世界にも〝笑い〟が入ってきて、スパイク・ジョーンズを真似た「フランキー堺とシティ・スリッカーズ」「ハナ肇とクレージー・キャッツ」「宮本二郎とスカラップ・サウンズ」等々、数多く出現してたっけ……。

ホイ、ジミー時田のことだ。現在《いま》も在《あ》る、有楽フードセンターの二階の不二家ミュージックサロンに出演《でて》いた。

この不二家ミュージックサロン。場所は銀座と有楽町の間……。フランク永井が唄ったヒット曲〽……A、B、C……、X、Y、Z……の「西銀座駅前」、それに「有楽町で逢いましょう」。片や青春の情熱の発散地〝さあ、今夜もここから青春が始まる〟であり、「有楽町で逢いましょう」は悲しき甘酢っぱい恋の夜があり、この二つがフィットされ、何ともやるせない情感が私を都会に引きずり込んだ。

ジミーが出演《で》ていたこの場所は、名称通り「ミュージックサロン」だったから、スイング、ウエスタン、ハワイアン、その他のバンドが出演《で》ていて、それらの中で私の贔屓《ひいき》は

「山口銀次とルアナ・ハワイアンズ」で、序《つい》でに言うと「マヒナスターズ」は「山口銀次とマヒナスターズ」であった筈。バッキー白片、ポス宮崎、ジョージ松下、若き南かおる、「南里文雄とホットペッパーズ」「徳田みのるとニューオーリンズ7《セブン》」「吉本栄とバードランド・ファイブ」「水野純交とグラマシー・ファイブ」、薗田憲一とはまだ会ってない……。「灰田勝彦とモアナ・グリークラブ」も懐しく、全盛は過ぎたが、灰田さんも楽し気に己れの故郷の曲の数々を唄っていたっけ。例により能書きは長くなったが、ジミー時田とのご対面の場所はここであった。

誰の紹介だったたか、こっちは柳家小ゑんだったか、もう談志になっていたか、いや小ゑんかも知れない。すでに家元はラジオで売れていたし、天才落語家と持ち上げられ、自信の頂点だ（いまでも頂点だがネ）。その頃の師匠・柳家小さんに、

「師匠、自分の師匠の色紙ってなあァ、身内は意外に持ってないもんで、ひとつ記念に書いて下さい」

に、

「出来たよ」

で、取りに行ったら、天狗の絵が描いてあり、その天狗の鼻が折れてて、「天狗禁物」と書いてあった。頭ぁきたネ。

「冗談言うない。天狗が何故ワルイ。手前ぇで天狗だと思っていない奴に、何が出来る」

と腹ン中。これは現在《いま》にまで連《つな》がっている。

「家元、今日の成功の原因は？」

と聞かれりゃあ、

「これをとりあえず成功と言うのなら、その原因は教えた人の間違いに気が付いたからだ」

であり、これを後日女房に話したら、

「小さん師匠は失礼だ。判ってない」

とおっしゃったよ。さすが家元が見つけてきた女房殿だ。

けど、この「天狗禁物」は小さん師匠、

「別にさほどの意味もなく誰にでも描いた絵〝フレーズ〟なのだ」

と誰かに聞いた。

ジミーの奴ぁテンガロンハットを被って、ヒラ〳〵した毛《けば》のついたシャツだかチョッキを着てたっけ。ジミーがいうにゃ、私ゃ〝ベレー帽を被ってた〟とサ。

初対面でたいした話もしなかった。知っていたのはジミーの名前だけであって、どんな野郎か、何をどう唄っているのか、全く知らなかったし、別に知りたいとも思っていなかった。こんなに知るようになるとは、もちろん思わなかった。紹介するという、お節介な奴がいて、なんとなく会って、時々会うようになって……、むこうも同じだっただろう。つまり〝人生成り行き〟というセリフそのままなのだ。

ウエスタンはもともと好きだったが、それより私はジミーが好きなのだし、同じことはディキシーにも言えて、ディキシーよりも「薗田憲一とデキシー・キングス」が好きなのである。

よく巷《ちまた》でいう、「芸人は酒と女が肥料《こやし》になって育つ……」嘘である。そういう芸人どもは他にすることがないのである。人生、ほかにも楽しみはいくらもあるはずなのに、奴らは「酒と女」より他にすることを知らないのだ。別に、「酒と女」に文句はないが、肥料というのは嘘である。

我が主人公とてその通り、アメリカ人の歌と、日本人の落語しか楽しみを知らないから、余った時間は、酒と女。それにバクチが加わって、三道楽は完成した。

以下、ジミーのこの三つのエピソードを書く。

なにせ、私ゃこ奴の昔を知らない。私と一緒の三十数年が過去の歴史だが、それとて、奴と会っているときのことだけで、〝談ちゃん、この間俺ネ〟もなきゃあ、〝今度、あそこでサァ〟でもない。

〝故郷《ふるさと》の話をしよう〟でもなきゃあ、〝想い出酒〟も〝傷だらけの人生〟もない。〝一緒に飲んだ〟〝飲んでいた〟〝一座《あンとき》の中に奴《ジミー》も居たっけ〟で、〝ジミーはどうしてる？〟〝知らねえよ〟これだけだ。人間、「過去」と「現在」と「未来」と三つに分けたとき、現在《いま》が充実してりゃあ、過去も未来もへったくれもないが、現在が不安だったり、不快だったりすりゃあ、過去を想い、未来に期待もするだろうが、ジミーのように〝柳かな　風の吹くまま　吹かぬまま〟と生活《くら》している奴ぁ、最高の人生であって……。まてよ、「そんな奴が、そんな人間が存在《いる》のかな……」。でも、そうとしか見えないんだなあ……。何なんだろう。……決めた。「あ奴は〝バカ〟なんだ……」これでいい。俺様も納得がいった。


「ねえジミー、昨夜《ゆんべ》のあの女、やったの？」

「うん、寝《カイ》たよ」

それだけだ。味も素っ気もない。「あの女がさあ……」と微《び》に入り細《さい》に及ぶ松平直樹兄ィのそれはない。「やったのか」「やった」。まるでガキである。ガキだからモテるのだろう。まして、唄ぁ上手いし、男っ振りはいいし、金まわりは知らないが、若かったもの……。

ステージに若い女の子がキャア〳〵集まるのは今も昔も変わらない。

何んで女ぁああキャー〳〵騒《うるさ》いのか。まして相手が毛唐となりゃあさぁ大変。騒ぎ集まって来てすぐヤラせる。ま、彼女たちに言わせりゃあ、選んでヤッてると言うのだろうが……。

その騒ぎは戦後のニセ拳銃使いの下っ端役者ケニー・ダンカンから始まって、やれ、ロバート・フラーというたかがTVの脇役に、〝ダイアナ〟一曲だったポール・アンカに、トニー・ザイラー、ジョージ・チャキリス……。なにガイ人ばかりではない。戦争中はスター?の周りに押しかけて騒ぐと非国民と言われるので特攻隊の白いマフラーに熱をあげた。……所詮己れの不安定さを、何かあると騒ぐことによって安定させているのだろう。それは現在にも続き、その騒ぎは日本中となり、騒ぎ〳〵、己れの居場所がなくなり、追われ〳〵ての一生のようで、それはすべてマスコミのなせる〝わざ〟……と言うのは、言い過ぎだろうか……。

演奏が終わる。若い女を数人連れてくる。「俺はこれ」と楽団《メンバー》にも配分する。「トシ坊はこれ」「お前はこっち」で「談ちゃんはこれ」。たいがいはセコい女《タレ》だから「俺は嫌だよ」であったが、地方《たび》に出りゃあ、のべつ終演後はこうなる。けど例外もあって、追っかけギヤルに「あたし、この人だけは嫌」と名指されたのは、長べェこと、いかりやの長さんだ。若い娘の気持ちはわかるが、本当のところ、この人が一番真面目で、善き御方なのだ……。

　といって、ジミー当人も目の覚めるような女を連れているわけでもない。

　もちろん、過去の女《タレ》の中には、有名女優や、売れっ子モデルもいたし、美人の女子プロレスラーもいた。でも、それに執着をしているようにはまるでみえない。いい女もセコいのも、ただ成り行きでつき合っているだけで、己れの持ちものにしようとか、見せびらかそうなどという了見は、ほとほと感じさせない。〝居たからやった〟〝来たから抱いた〟そんな按配《あんばい》にしかみえない。こ奴は男と女の楽しさを知らないのかもしれない。

　考えてみりゃ、家元とてまったく同様であった。ついでに一言、家元は親衛隊をつれていた最初の落語家であり、女子学生、それも中学、高校生を大勢連れてのし歩いていた。もちろんジミーとは数が違うが……。いや、待てよ、それと同時にそれらの女達の誰かに家元は恋をしていた。

　ジミーに恋があったのか。ないわけはあるまいが、ステージで恋の歌を唄っているから、それで充分、落語の「蔵前駕籠」ではないが「もう済んだか」で、あとは本番だけなのかも知れない。つまり相手に唄って聞かせているときが「恋」なのだろう。

こんなこともあった。「談ちゃん、女《タレ》連れてきたんだけどサ」と、俺が当時ホテル代わりに借りてたアパートに、女《タレ》と二人でやって来た。

「俺いま原稿書いてるから、そっちの部屋でなんでもしろい。そこにエロ本もあらぁ」

このころから、家元は落語の原稿を書き、ジミーの奴ぁ女《タレ》をカイている。この違いが現在に及ぶ……。

なんか、ゴチャ〳〵その女と喋ってたが、そのうちに〝バサッ、ガタッ、ピシャ〟という音だ。つまり女にエロ本でひっぱたかれた音が、〝バサッ〟で、〝ガタッ、ピシャ〟はドアを開けて出て、後をしめた音である。

それから、〝ドン〳〵〟と階段をかけ降りる音……。

「ねえ談ちゃん、帰っちゃったけど、どうしようか……」

「知らねえよ」

普段はこの程度でなんとかなっていたのだろうが、ならなかったところを、家元は目撃したのだ。「唄う」も「口説く」もなんにもない。〽ただ、それだけえ……。バッキー白片作曲だ。

ちなみに、この文句、裕次郎が歌ったヒット曲「俺はお前に弱いんだ」であるが、三島敏《とし》夫さんのほうがいい。

ジミーのアパートに遊びにいった。食い残りとしか見えないものが、山のように冷蔵庫に仕舞ってあって、あとはギターと落語のテープ。そこに若くて利口そうな、いや生意気そうな売れっ子のモデルがいた。名前は……まあ、いい。

「オイ、あれカイてるのか」

「いいや」

「なんで」

「変わった女なんだよね」

「どう変わってんだい」

「いえね、結婚するならヤラせるけど、そうじゃないと駄目だってんだ」

「…………」

まるで落語の『猫久』だ。

おとなしいところから「猫」と仇名された、八百屋の久さんの女房について、八公の嬶《かか》ァが言うにゃあ、「あの女は長屋中一番の変り者だよ。長屋で朝一番早く起きるんだ。亭主より早く起きやがる。亭主に寝顔を見せないなんて、女の恥だよ。で井戸端で会うと、

〝お早ようございます〟なんて言やがんのさ。嫌ンなっちゃう……」ってあれだ。あれと同じだ。

ジミーは、その後、その女と、どうなったか知らないし、どういう素性の女だったのかもわからない。なにせ喋らないし、気にも留めない奴なのだ。少なくとも追っかけギャルなら、すぐヤラせただろうし、そうでなきゃあ……、よそう、ジミー時田を分解しても始まらない。

自慢話はしないし、失敗談という名の、これまた自慢話もやらない。己《おの》れの芸を分解するのを聞いたこともなければ、他人の芸もけなさない。己れを含めて、芸を褒《ほ》め、けなし、分解しないのは自信があるからだろう。そうでなきゃ、ああ落ち着いて生きてはいられない。つまり人生に不安がないのだ。

いつだったか、亡くなったピアノの山崎唯《ただし》のクラブでピアノの弾き語り。これも結構な芸だった。山崎唯がピアノを弾き、藤村有弘《バンサ》が例の世界の言葉を唄い喋る芸は、世界一だろう。あんな受けた芸はない。なにせメキシカンとチャイニーズが喧嘩ぁする。これに仲裁に入るのが韓国人というのを演《や》る。全部《すべて》が、見事なんてぇもんじゃなかった。抱腹絶倒した。その唯《たーし》がジミーを客席に見つけ、ステージに呼び出す。自慢の英語でペラ〳〵喋り、〝Mr.ジミートキタ……〟にジミー、山崎《やま》以上に英語が出来るのに、〝ナニか、オレか？〟。

その頃仲間で流行ってた韓国語調のフレーズだけ……。あと勿論歌も唄ったが……。奴の舞台がその通り。十年一日というか、四十数年、〝そのまんま東〟でなく、〝そのまんま西部〟だ。舞台に立つ。おなじみのチューニング（「楽屋でやってこい」だが）。題名を言って、唄う。ときどきは唄う前に、この歌は何年に誰が作り、唄い、どういう意味だ、てなことを説明しているが、面白くも何ともない。はっきりいやぁ、つまらない。

芸能もその芸種《ジャンル》が盛《さか》っているときは、誰でもいい。それは現在のテレビを見ると納得《わか》る筈。だが、そうでないとき、つまりその芸種が盛らなくなってきたときに、ジャンルそのものを売らせるために、行為を起こそうとするものだ。

ＴＶに出演《で》るとか、本を書くとか、ｅｔｃ。しかしそれにはその芸種《ジャンル》に必要な知識や、その場所の常識やルールが求められる。家元は、知識はまあそこそこあるが、ルールに耐えられない。

ジミー時田はその双方に耐えられるだろうけど、それをやらない。「出来ない」のではない、「やらない」のである。ということは「出来ない」ということになるのだろうが……。

つまり自信か……と、こうなる、堂々めぐりだからやめる。

家元の知ってるわずかな生い立ちをまた記す。ジミー時田の生い立ち。……断るにも及ばないか……。

満州で生まれたらしい。「らしい」というのは、当人がそう言ったからである。

引揚げてきたが、実の父親はその地で死んだらしい。

残された母親の再婚先が、時田さんというお人で、奴もごく普通に、法律通り時田となって時田圭介。でも悦朗《えつろう》ともいっていた。この辺はワカラナイ。この父君に、家元は世話になっている。松山で女ぁ買って、色紙にサインをしてきたのがバレた理由か、管理売春の参考人として新宿警察に呼び出され、どうしていいかわからずに、一緒に行ってもらった……。

その両親もいまは無い。でジミーは孤児となった。いや、違う。もう三度ぐらいの結婚歴があり、子どももたしか二、三人、いるはずだ。

家元は、ジミーの最初と、現在《いま》の女房と、途中の女たちのことをよぉーく知っている。

ついでに家元の生い立ちもチョイと入れておく。東京小石川の生まれで落語家になり、若くして売り出し、あとはジミーたちと遊んでた……、とこうなる。

あのころは、よく遊んだ。夜ごとの〽銀座、赤坂、六本木ィ、「盛り場ブルース」であった。まず、一晩十軒以下ということはない。明け方まで回って、夜が明けると魚河岸《かし》で飲む。常連は引田天功、小野栄一、山崎唯、三平さん、小円遊、梅橋、毒蝮、小島三児もいたっけ、全盛を誇った日活の若手スターたち、浜田光夫、高橋英樹、山内賢坊、ヒデ坊こと和田浩治、杉山俊坊はどうしたか。ある夜など、これにファイティング原田がいて、ドラムの白木秀雄《ひでぼう》、東宝現代劇の井上孝雄がいたのも覚えてる。

俳優、手品師、ピアニスト、ドラマー、ボードビリアン、落語家と、まるで判じ物だ。ま、それぞれ人気者には違いないけれど……。

ついでにいうと現在《いま》は、どこへも行かない。家元とてジミー同様〝いつもネンネ〟である。　嗚呼青春よ……どこ行った……。

「昼下りの情事《ラブ・イン・ザ・アフタヌーン》」というビリー・ワイルダーの傑作があった。

リッチなプレイボーイ、フラナガン氏であるクーパーが、女性を、いや女を口説く。口説くとは、家元と違って〝寝るための手段〟である。家元は違う。己れの存在を確認するために口説く。……ま、いいや。

四重奏団《クワルテット》をいつも雇っていて、口説きのBGM《バック》に、最初《はな》のうちの曲はこれ、次第に燃えてくると、この曲。最後にベッド・インしたときは、あの名曲「ファッシネーション」と決まっているのだが、これをヒントに、家元は女を口説くときにジミー時田を頼んだ。いや使った。三曲五千円だ。

女に、家元が結構ロマンチックなことを言う。嘘八百ではない。本気でいうのだ、けどそれも幻想という虚の世界か……。

ジミーはまず、例によってチューニング。月淡き夜のホテルの庭の芝生には、チューニングの音も結構いける。一曲目は「モリー・ダーリン」、次いで時期なら「ホワイト・クリスマス」、他の時期はフォスターは「金髪のジェニー」、仕上げは……もう、そのときは二人がつながっているから、後の曲は奴のセンスにまかせる。

ところがドッコイ、BGMの奴ァ面倒になったか、和音《コード》だけになっちゃった。

「オイ、手を抜くな」に、なんと女が「なんでさ、どうしてえ……」ときたもんだ。

これで、お終い。ジミーに手を抜かれて、こっちの十一本目の指が抜けた……。

あるときなんざあ、ギターを置いて、俺様のラーゲいろいろの見物ときた。払った伴奏代を取り返して、奴から見物料が取りたくなったね。

ジミーが、遊び仲間の旅行に女性《おんな》をつれてきた。

同行は歌丸や今は亡き小円遊、梅橋（彼らは断じて仕事仲間ではない）、それに、そうだ、こいつがジミーを俺に紹介したんだった。その名をダンディ立川という変な奴。あまり変な奴だから、後で少し詳《くわ》しくふれる。後にジミーをアメリカに連れ出しての珍道中となるオソマツである。

「ジミーよ、あの女とヤッてるところを皆ンなに見せろよ」

「いいよ」と軽い。

ホテルの部屋がきまって、家元、ジミー先生の部屋の、庭向きの、カーテンを鉤状に切った。このとき判ったことだが、鉤状にカーテンを切る場合、」形では駄目なのだ。

「香炉峰《こうろほう》の雪は簾《すだれ》をかかげてみる……」の清少納言ではないけど、下から切ったカーテンを持ち上げて見るのは至難の業で、あれは「形に切るに限る。

忘れもしない二月の寒空に、家元は宿屋《ホテル》のドテラを二枚着込んで、エリ巻きに手袋、正ちゃん帽を被っての庭からの観戦だ。寒いの何の、待つこと二時間あまり……。やっと戦闘が始まったが、ところが角度が悪くて足しか見えない。

仕方なし、フロントからジミーの部屋に電話をかけた。「オイ、ジミー見えねえよ。ベッドを移動させてくれ」

「いいよ」

だとさ。

結果、見えた。よぉーく、見えました。

そしたら、戦い終わって女の上で、ジミーはゴホン〳〵と咳込みやがった。それもそのはず、奴ァ労咳《ろうがい》、肺病やみだったのである。

で、そのあとは二番槍争いで仲間が乱闘……。ジミーが庭から見ていた。

ここで関係ないエピソードを一つ。色事に関係ないというだけで、話はジミーのことである。

伊豆の大島に、これまた遊び仲間と出掛けた。場所《ところ》は波浮《はぶ》の港、ダンディの紹介で、案内人も彼だ。

〽磯の鵜の鳥ゃ、日暮れにゃかえる。野口雨情の名作の地である。しかし「波浮の港」は東向きで夕焼けはない、という雨情の失敗談も残ってる。

湾の両側は船着き場で、岸壁は波に洗われ苔むして、ツル〱とすべる。その岸壁に家元とジミーはいた。ちなみに言うと、奴ぁ泳げない。これまた、ちなみに言うと家元は水泳の達人である。また〝ちなみに言う〟と、家元の最高の楽しみは海である。いや、海しかない。スキーは出来ない、スケートも駄目、ゴルフは〝貧乏人の遊び〟とやらないし、競輪・競馬にゃ縁がないことに誇りを持っている。

高波が出始めたので、家元は岸壁から上の岸に上った。ジミーはまだそこに残っている。本来なら「オーイ、ジミー、上れぇー、波が高くなったゾォー、危ないヨォー」であるのだが、家元これを言わない。教えない。そのまんま見てた。案の定、高波がきてジミーは攫《さら》われた。ヌル〳〵の岸壁にしがみつくけど、相次ぐ高波だ。流される、また這《は》いつくばって岸壁の上にのぼろうとあがく……。命カラガラなのである。

なんなのだろう。相手は親友（?）それも命が懸かっているのに、私はそれを上から見ているだけなのだ。〝もし死んだらどうしよう〟はなかった。ただ、面白いだけだったのである。そして、その時のジミーの狼狽振りは見事に私の観賞に堪えた。

そのときも、その後も「なあ、ジミー、あんときゃ、危なかったなあ」

「ああ、ヤバかったよ」

これだけなのだ。

ジミーと舞台のジョイントもずいぶんやった。曰《いわ》ク……落語とウエスタンというショウである。いやウエスタンと落語といわせてもらう。その証拠にトリは私だ。でも先にいうほうが上なのか……してみりゃ落語とウエスタンとしようか。

ジミーが唄ってる。私の弟子にワシントンという奴がいた。こ奴はいまでもいる。一度私の金を持ち出して競馬をやり、穴をあけてクビになり関西という大阪に逃げ、三枝の弟子となり、数年後許されて（私が許した）また舞い戻って、現在《いま》、快楽亭ブラックとなり真打ちとなった野郎だ。この馬鹿はアメリカ兵とのハーフなのだが、こいつは妙な

奴で、

「オイ、お前の母親はどうしたい」

「こんどは焼肉屋と結婚して朝鮮人になっちゃった」

ときたもんだ。

一度こいつの了見と精神を叩き直してやろうと「お前は自衛隊に入れ」と命じたことがあった。理由、お前なら「仮想敵になれる」。

顔はハーフといってもアメ公そのままだから、こいつにテンガロンハットを被せて、歌ってるジミーのうしろを歩かせた。ただ歩くだけだ。

客はナンダカワカンナイから妙な顔をしている。忘れもしない曲は「淋しい草原に俺の骨を埋めないでくれ」で、ジョン・フォードの名作『駅馬車』のテーマ曲である。

本来この曲はイギリスの古い水兵《セーラー》の歌で「淋しい海原に俺の骨を埋めないでくれ」で、それを速いテンポでフォードは曲にしたが、本来は静かな曲であって、それが証拠に、この曲はフォードの駅馬車より、ロジェ・ワグナーか、ラルフ・ハンターのコーラスで聴くと価値がわかる。

ジミーは後者のスタイルでしっとりと歌い上げている。

それなのに、ああそれなのにそれなのに……（古いネ）うしろをナンダカワカンナイ、ハーフ野郎の前座が通る。

　終わってジミー、唯一言、「参ったよ」だ。

　そうだ、このときの旅は東北だったっけ。青森に着いたとき、なんとこ奴は駅前でワカメを買った。それも山のように買いやがった。それを背中に背負《しょ》っている。二宮金次郎の如き姿だ。

「どうしたんだジミー、何でそんなにワカメを買ったんだい。そんなもなあ東京でいくらも売ってるよ」

　にジミー、

「安いんだよナ」

今度はこっちが

「……参ったよ」

　だった。

　ジミーがHA子と結婚をした。御歳四十《しじゅう》の前後の頃で、相手のHA子女史は彼より、二つ三つ歳上、ジミーのような、ぐうたらにはもってこいの姉さん女房……とはいうものの、戸籍が入っていたかどうかはわからない。両人とも芸人だからかまわない。

　HA子は元大映ニューフェイスで、その後、日劇ミュージック・ホールの歌手となり、

「スリー・ローゼス」というチームを作った。相手《メンバー》は準ミス日本と、もう一人は後年永田雅一《ラッパ》の恋人となり、大蔵貢《おおくらみつぎ》同様、「俺とそうなったから売り出した」女優である。おっと、売れてから永田御大に惚れられたのだとしたら、これは失礼、御詫びを申し上げておく。

つまり、三人とも若く美しかった。中でもＨＡ子の舞台は見事に華があった。エクボと八重歯、舞台映えする愛くるしい姿態、いつも笑顔を絶やさぬ愛嬌を私は忘れない。忘れないどころか、私もＨＡ子の舞台姿に惚れた。いや、憧《あこが》れた。「二つ目」を卒業したばかりの若き落語家は、ＨＡ子を遠く近く客席から眺め、深く胸をときめかしていたものだ(ホントだよ)。

そのときの心情を分解すりゃ、やっぱりファンの一言に尽きるだろう。なにせ相手はおとな、こっちはガキだ。ま、いまだに性的にはガキで、おとなの女に自信がない。いや、美しき女性一般に自信がないのだ。で、遠くから眺めているだけ……。

そのＨＡ子に憧れるまでのプロセスが我ながら奇妙で、この劇場に通った最初は、戦後に咲いた仇花、〽レイデース、エンド、ジェントルメン、おとっつあん、おっかさん、グド・イーブニング、お今晩ワァの、あのトニー谷こと「谷やん」がお目当てだったのだが、それはすぐ、一緒に出演《でて》いた泉和助こと「和っちゃん先生」に取ってかわった。叩き込んだ、〝芸の深さが違う〟とガキ心にも感じたのだろう。それからは早い話、ミュージック・ホールというより、泉和助に通いつめたのである。

日劇ミュージック・ホールは、ここへ出りゃあ芸人も一人前と、自他共に許された日本劇場、日劇の五階にあり、改装前は東宝名人会という寄席で金馬、権太楼、一路・突破の城でもあった……。こんな当たり前のことが、芸能史として説明が必要になるのだから、過ぎし年月というものは悲しい。

秦豊吉《はたとよきち》が、当時、浅草、新宿で全盛だったストリップを、パリの「フォリー・ベルジェール」のように健康なるエロティシズムに改良（ムリな話だ）すべし、と開いたのがミュージック・ホールで、ショウの題名も「花は絢爛と夜開く」ときたもんだ。

ついでにいうと、不健康ときめつけられた浅草ストリップの題名は、「女のパクパク」の「陽の当たらぬ土手」のと、なんともたまらぬよきセンスがあった。これこそ、浅草っ子の心意気だ。なに、それほど誉めるにゃ当たらない。

いくら健康・健全といっても、ストリップはストリップ。日劇ミュージック・ホールには、ストリッパーがたくさんいた。

想い出すままに名をあげる。開場初期のメンバーだ。伊吹マリ、メリー松原、櫻洋子、マリア・ローザ、奈良あけみ、邦ルイズ、阿里しのぶ、私はこの人の、小柄なプロポーションが好きだった。美人ヌードアクロバットのR・テンプル。小浜奈々子、アンジェラ浅丘たちはずっと後年になる。その頃素人娘がこの場に応募してきたことがあった。つまり素人が自ら望んで裸体《はだか》になる、というのが、その頃センセーション、という程でもないが、話題になった。この娘がやがて春川ますみになる。

「さあて、誰のファンになろうかな」「誰をヒイキにしようかな」と若き家元は思案をめぐらせた。いった通りに性的にはガキだから、濃艶なのは駄目。濃艶女史たちにはセックス・アピールなど、とてもとても感じようもなく、むしろ怖いとさえ思った。

合格したのが奈良さんにテンプルちゃん。後年、鳥取のクラブで、若くない、唯のホステスとなったこの〝天使〟と出会い、その頃の話に一夜花が咲きました。

でも、可愛かったテンプルちゃんは裸になるのである。ストリッパーなのだから当然ではあるが、可愛いと決めた範疇の花たちにも、性的な感情は湧いてこなかったのだ。で、可憐也ＨＡ子、とこうなった次第だが、ちと説明が長かったかな。

つまり、ＨＡ子を見染めたのは、俺のほうがジミーより早かったのである。

その後、三つのバラ《スリー・ローゼス》の一本は嫁にもらわれ、一本は囲われて舞台を去って、ＨＡ子は可憐なコメディエンヌとして場面をもらうようになり、やがてＴＶにも、という経緯を辿《たど》る。

私の言いたいことはただ一つ、「踊り子」（とあえて言いたい）に惚れた青春は我ながら自慢に値する。これがあったから、後年、色川武大兄《あに》さんとつき合いが出来たのである。

家元は人気者となってＴＶで売れまくり、いくらかの自信もでき、日本一の日劇にも、独り喋りのコーナーを持たされて、ＨＡ子とも心やすくなり、それも売れっ子の談志が〝あこがれていた〟というのはＨＡ子にも不快なことではなかったろうし、それをいう当方にもチョイ優越感もあった。その縁でジミーとＨＡ子は御一緒の間柄になる……とプロセスは続くのだけれど、私はＨＡ子の気性の強さを知り、一緒にならずに済んだが、ジミーは一緒に住んだ……。これを駄洒落という。

ジミーのショウの客席に、ジミー同様のウエスタンスタイルで座るＨＡ子には、映画版「アニーよ銃をとれ」のベティ・ハットンをしのぐ愛らしさがあったものだ。

それが……、〽ある日の午後のことだった。「或る雨の午後」だった。

その日のジミーの恰好《いでたち》如何にと見てみれば……着の身着のままに、アメリカ兵がベトナムで使い古した四角い一人用のテントを被って、なんと、鍋と薬缶をぶら下げ、我が原宿の書斎（？）にやってきたネ。

「なんだい、オイ、その格好は、ミシシッピーへ水見舞か」

今回は「参ったよ」だけじゃあなかった。

「ＨＡ子には、参ったよ」

「どう参ったい」

「あのネ、談ちゃんさぁ……」

と始まったジミーとＨＡ子の物語、なに、普通にいやぁ夫婦喧嘩であるけれど……。

「俺のことさあ、ケチだケチだって言うから、癪にさわってマンションの九階の窓から、十万円撒いちゃったんだよ」

「よく、あったね、そんな金が……」

「まあな……。それでさ、撒いちゃってから驚いて階下《した》に二人で探しにいったら、二枚見当たらなかった」

「それで俺んとこに来たんか……。で、二万円貸してくれてえのか」

「いやね、そうじゃないけどね、それは前のことでさ」

「なんだよぅ、ハッキリしろや」

「それからさ、ＨＡ子が怒ってね、タバコの火を俺に押しつけやがったんだ」

「それで、ここに逃げてきたのか」

「それもこないだのことでさ……」

「なんだい、まだあんのか。今日はどしたんだ」

「今日は参ったよ」

「…………」

「俺の身体の上に乗りやがってよ、肝臓を踏みつけやがったんだ。俺、肝臓弱いのによう……。なら、〝死んでやる〟って、俺ベランダにぶらさがったら、その指を一本々々、剝《は》がしにかかったんだ」

「それで逃げてきたのか」

「まあな」

「逃げたんじゃなくて、追い出されたんだろう」

「ウン、まあな、参ったよ」

着るものも無い、金も無い、ギターも無い。仕事も無いのだろう。そのまま、俺の部屋に居た。他人の家に居ても平気なんだ。平気な顔でブラ〳〵したり俺の仕事についてきたりしてたが、しばらくしたらいなくなった。またしばらくしたらＨＡ子と一緒に飲んでいた。

「なんだい、ジミー仲直りしたのか」

「ウン、まあな」

「なんだ、だらしのねぇ野郎だな……謝ったのか」

「まあな」

「こう言ったんだろ。なあ、HA子よォ、タバコの火を押しつけるのはいいけどさあ、そのタバコを捻《ひね》ったり、捩《ねじ》ったりはしないでぇ。肝臓の上に乗るのはいいけど、上で跳ねないでくれよな。爪を剥がしてもいいから、指は剥がさないでぇ……」

「よく言うよ」

何年かHA子と一緒にいて、結局いつもの如く別れた。最後は別れないと、ジミー時田の現在《いま》まで過ごしてきた年月のアイデンティティが保たないのであろう。

ジミーのフレーズは「参ったよ」と「まあな」と「よくいうよ」の三つだから、書きようがないが、つまり、そういう人生なのだ。相変わらず、愚痴も、言いわけも、説明もしなかった。「別れたよ」と報告もなかった。愚痴も言いわけも説明も……と書いたが、説明をし、言いわけをすれば愚痴になるのを、どっかの本性で知っているのかも知れない。

「金目のものはみんな持ってかれちゃったのか」

「ウン」

「ギターは」

「持ってっちゃった」

「高いんだろ」

「高いよ」

「取りにいかねえのか」

「ウン、まあな」

HA子にすりゃあ、彼女の〝思い入れ〟を〝努力〟と信じて、ジミーに尽くしたのであろう。それがグズの天才には通じなかったのかも知れない。〝惚れ〟〝燃え〟、一つになり、〝嬉しさ〟〝楽しさ〟の歴史から、やがて違和感、すきま風、不信、最後に〝別れ〟となる数年のプロセスを、ジミー時田は何も言わなかった。

「それだけは言うまい」という決心ではない。決心でもなんでもない。なにもない。それも風の如くに過ぎたのを柳が受けていただけだったのか、それとも、もっともっと深い感慨があったのか、まったくもってわからない。

家元の談志さん、困ってしまってワン〳〵ワワン、ニャン〳〵ニャニャン、である。つまり思考ストップに限る。

ジミー時田と立川談志との間に、先に触れたダンディ立川という、これまた奇妙奇天《きみょうきて》烈《れつ》、なんだかわかんない奴がいた。いや、いまもいる。もういい歳だが若いアメリカ娘と一緒になって、何も仕事を持たないで、生まれた土地の芝浦で生きている。

地主の末っ子に生を受け、そこそこの不良になり終戦。ヒロポンを覚える。その頃のヒロポン仲間は全部死んだ。なにしろ用水桶の水で打つんだもの、身体なんざ保つわけがない。後年、家元もこ奴から、睡眠薬、覚醒剤はじめ、ほとんどの「悪さ」を知らされたもんだ。

進駐軍相手に三流の通訳らしきことをもしていたし、ラジオの素人《アマチュア》演芸コンクール華やかなりしころは、よく物真似、声帯模写で出演して賞品を稼いでいた。得意は「百万人の英語」の五十嵐新次郎、先代可楽、志ん生。先代馬風は奴が最初に演《や》ったし、円生師匠は絶品で、ご本人とも親交があった。

本名を賀部《かべ》という。ついでに名前もいっておく。能彰と書いてヨシアキと読ませる。

そのうちに世の中は「平和と繁栄」という余裕が出来てくると、政府《おかみ》の方も取締りがうるさくなり、〝捕まっちゃあバカ〳〵しい〟と刑法に触れることはやめ、その代りを探して遊ぶようになる。

「なあ、カベちゃんよう、何かひとつヤバクねえ薬《ヤク》はないかね」

「あのね、蚊取り線香はどうです」

「なんだい、その蚊取り線香ってなあ。何か特別の薬《やく》のスラングか」

「いえ、別に、普通の蚊取り線香」

「普通の蚊取り線香が効くのかい」

今月の新刊

北杜 人間

2022
4
中公

賤ケ岳の鬼

吉川永青

柴田勝家の後継者と称される織田家中随一の猛将・佐久間〝鬼玄蕃〟盛政。戦に幾度敗れても折れぬその姿に、信長は驚嘆し、秀吉は恐怖した――。

自軍壊滅、総大将自害。
だがこの男は
勝ちを捨てなかった。

「戦国一諦めの悪い男」の鮮烈なる生涯！

●880円

公文庫　新刊案内

しみ上手は老い上手

本葉子

心や体の変化にとまどいつつも今からできることをみつけたい。時間と気持ちにゆとりができたなら新たな出会いや意外な発見？　期待も高まります！

●792円

学の世界

毅／竹内啓

教育者でもある数学者と、数学の社会的役割に注目する統計学者による対談から、人間の文化を豊かにする数学の多面的な魅力が浮かび上がる。〈解説〉読書猿

●1056円

志受け咄

笑わせた男たち

談志

任侠・落田八郎、歌手・ジミー時田、そして毒蝮三太夫。人生の師匠に捧げた『酔人・田辺茂一伝』に続き綴られた、友への家元流ラブレター。〈解説〉毒蝮三太夫

●968円

とマンボウ　新版

夫

三島、川端からトーマス・マン、斎藤茂吉まで。北文学の原点となる作品や作家をユーモラスに綴る、マンボウ風文学エッセイ。〈エッセイ〉三島由紀夫／佐藤愛子

●946円

カロや
愛猫作品集
梅崎春生

文庫オリジナル

吾輩はカロである――。「猫の話」「カロ三代」ほか飼い猫カロをめぐるドタバタを描いた小説・随筆を中心に編集した文庫オリジナル作品集。〈解説〉荻原魚雷

●946円

ネコ・ロマンチスム
吉行淳之介 編

気まぐれで不可思議で魅力的な生き物に、夢と現実のあわいへ導かれる――。豪華な執筆陣による、猫にまつわる幻想的な作品全一三篇を収録。〈解説〉福永 信

●946円

愉快なる地図
台湾・樺太・パリへ
林 芙美子

文庫オリジナル

旅だけがたましいのいこいの場所――台湾、満洲、欧州など。肩の張らない三等列車一人旅を最上とする著者の若き日の旅。〈解説〉川本三郎

●990円

エミリーに薔薇を
フォークナー

高橋正雄 訳

ミステリの古典にも数えられる表題作ほか「あの夕陽」「ウォッシュ」など必読の短篇全七篇。巻末に中上健次の講演「フォークナー衝撃」ほか一篇を収録。

●1100円

「いえ、わかりませんけどね。蚊の奴をみてるとさ、蚊取り線香の煙に巻かれて落ちるでしょ。で、しばらくすると、フラ〳〵しながらまた飛んでくんですよね。どうも気分がいいみたいなんだよね。つまり蚊の奴ァ、〝ラリッてる〟んですよ」

　この男、すべてこれだ。物事すべて、決めてかかる。ジミーとはまったく逆で、「こうですよ」と決めてしまうとテコでも動かない。世界は自分を中心に回っている。そのくせ、決断の悪いところはジミーに似る。

　実を言えば、私が『粗忽長屋』を演《や》るとき、熊公に向かって、「お前は死んだんだよ。確かにいま見てきたんだから間違いないよ」と決めつけて、本人までその気にさせる、己れの主観一本で生きる人物は、カベちゃんがモデルである。

　勘定はオレ持ちで、アメリカ旅行に同行させたことがある。ラスベガスの上空まで来たら、

「あのね、師匠」

　カベちゃんは歳下の家元を師匠と呼ぶ。

「このラスベガスてえとこは、博打場以外何もない砂漠なんですよ」

「そうかい」と窓から下をみた。なに家があるんだ。それも結構たくさんに……。

「おい、カベちゃん、見ろよ、家があるよ」

「はあ、ありますねぇ、おかしいですよ。本当は無いんですから……」

一事が万事これなのだ。

それで、蚊取り線香だ。奴がこうだと決めたら、〝違う〟ったってしようがないから、蚊取り線香をたくさん仕入れてきた。四、五人いた全員でガリ〳〵削って、キセルに詰めて吸ったが効くわけがない。ゴホン〳〵と咳が出ただけだった。奴の芸？　に注射の曲打ちというのがある。針を血管に入れて、それを突き抜けて、また向うから血管に打つという、つまり曲打ち。誰ぁれも真似はしなかったけど、奴ぁ威張っていたっけ……。

「マリファナはヤバいから、麻を吸いましょうよ」

「麻がマリファナなんだよ、カベちゃん」

「だから、捕まらない麻。横綱のまわし、あれ、麻でしょう。あれなんとか、うまく切ってきて、吸いましょうよ」

これにはあきれたが、試してみたかった。

あれをやれば「まわし吸《の》み」になる……。

小生が芝浦のアパートを訪れたら、パジャマ姿に手拭いでほっ被《かむ》りして出てきた。

「なんだい、その格好ァ」

「いえね、俺の髪の毛、薄いのに、この女、あの最中によくなると引っ張るんだよね」

「だから？」

「だから、いつも俺、手拭いでほっ被りをして、ヤッてんだけどね……」

この話、仲間に話したら、

「それじゃ、泥棒だよ」と大受けだった。

「そうかい？　おとなしくてよさそうな女じゃねえか。どこの女？」

「事務員ですよ」

「嘘だよォ、トルコ風呂だよ」

「冗談言わないで下さいよ。トルコじゃないですよ、それが証拠に、この女は掃除をするんですよ。それも風呂場の掃除までするんですから」

「トルコだって掃除ぐらいするだろう」

「しませんよ、トルコは。まして、風呂場の掃除は絶対しないんですから……」

本当《ホント》かね。トルコ嬢は仕事場である風呂場の掃除をしないものなのかしら。

「師匠、俺アメリカに行くよ」

「ほう、どこ」

「オイル・シティ」

「どこよ」

「ペンシルバニア。アメリカで一番早く石油が出たとこなんだよ」

芝浦に駐留していたアメリカ兵と仲良くなって、帰国したその兵隊の故郷に行くのだという。こんなのは世間によくある話で、カベちゃんらしいのはその後である。

「アメリカに負けてなるものか、連中、日本男子は全員歌麿と恐れてるはずだ」とでも勝手に思いこんだのか、ポコチンの雁っ首に、二ミリのシリコンを張りめぐらし、竿の部分にも注入して、綿入れの如き道具をこしらえあげ、頭、首の裏、顎を切って皺をのばし、ことのついでと目を二重にして顎にもシリコンを入れた。マイケル・ジャクソン糞喰らえ、とばかりの陣立てで敵地に乗り込んだのが、頃は一九七〇年三月の中頃だ。

途中なんの話もなく……いや、あったんだが今日はジミー時田の物語だから、省く。

〽無事に着いた処がオイルのシティ……、とこうなった。

私も後年、その地に行った。軽井沢の如き高原の佳き地で、素朴な、良きアメリカ人が待っていてくれたが、交通整理のポリさんが、私の乗った車をわざわざ呼び止めて、なんと、

「ハァーイ、Mr.ＤＡＮＳＨＩオーキー、キンタァーマ」

　これにゃあ、さすがの家元も驚いた。ダンディ奴《め》、日本人の挨拶は「オーキー、キンタマ」だと教えやがったんだ。

「そうそう俺も驚いた。オーキー、キンタァーマをやられた」とジミー。

　本人こそ現代のウタマロ、オーキー、キンタァーマ、そのもののダンディ立川が、「本場で唄ってみろ」と言ったかどうだか、ジミーをアメリカに呼んだのである。

　ウタマロの弁によると、「俺はホリデイ・インで最初ポーターをやり、その後バーテンとなって貯めた金でジミーを呼んだんだ」

　それなのに、ジミーは二週間の観光ビザ、それも途中ハワイに寄って十二日間遊んで真っ黒になって、ウエスタンだかディキシーだか分別《わか》んねぇ顔で来たという。もちろん、ドルどころか円も持っていない。全部ウタマロの負担、ジミーの借金となった。

「俺の金は、細々とバーテンをして得た金なんだから返せよ」と詰《なじ》られて、「返すよ」とふてくされて税関か、移民局だかに追われてアメリカ中を逃げて回ったらしい。

　ワシントンからラスベガス、その間、ＢＡＲに入って、バンドがあると飛び入りで唄ったり、行き当たりばったりで仕事をして、ＯＫとなれば、そこで、その奴等と暮らしたという。クリスティーヌというアメリカ女の情婦《いろ》まで出来たらしい。

結果、仕事仲間に騙《だま》され、無一文で、ペンシルバニアはエリー湖のほとりのオイル・シティに舞い戻って、バーテン・ウタマロの権八（居候）となった。

「この俺でも働けるんだよ。俺も日本人は怠け者と思われたくないから頑張ってる。ましてジミーは英語が達者なんだから、やる気があれば仕事なんざぁ、いくらでもあるのに何もやらねえ、酒ェ喰《く》らって寝てるだけ」

またぞろ〝ネンネ〟なのだろう。〝持ったが病いで国へ帰れない〟とは実にうまい文句である。昔の人はいい言葉をいい残している。

「そのあげく、〝カベちゃんヨォ、俺、無性にキンピラが食いてえ〟……だとよ」

「牛蒡《ごぼう》なんぞ毛唐の地にあるのかネ」

「それがね、奴に言われてから仕事の行き帰りなんぞ、車ァ止めて見てみたら、あるんだよ。でも小さい、いえ短い。五糎ぐらいなんだよな。でも、炒めたらキンピラ牛蒡の味がしたよ」

「ジミー、なんってった」

「〝まあナ〟だとよ」

どこをどう探したのか、移民局だか税関だかが、ジミーに「出頭せよ」といってきた。

行きゃあビザ切れだし、国外退去だから出頭なんぞするものか。オイル・シティを逃げ出して、逃げてるうちに、どこをどう転んだのか、ウエスタンの檜舞台、かのテネシー州はナッシュビル、グランド・オール・オープリーに出演することになった、という。

「で、ジミーはどうした、なに唄った」

「チョイ嫌《いや》でもハンクの真似したりしてよ、〝日本人のくせにやるな〟と客に思わせてから自分の好きな唄に入ればいい、さもなきゃハンク・スノーの『ゴールデン・ロケット』みたいな英語の早口言葉をやって客に唸らせたらってアドバイスをしたんだけど、まるっきり聞かねえ。キンピラの恩を忘れてる。キンピラもキンタマもわからねえ奴だ」

アメリカに渡って、バカに勤勉な日本人に変心した非生産野郎が怒った。

「俺がチョイとサッチモを真似りゃあ、あいつら引っくり返ってウケるんだよ。ポルトガルの花火、こんなもんでもウケるんだよ」

「なんだい、そのポルトガルの花火ってなあ」

「たいしたことはないんでえ、〝ポルトガルの花火をやる〟っていって、マッチに火をつけて手をポンと打つ。それだけ。それがウケる」

「なんでウケるんだ、ポルトガル人はケチだとでもいうのかね」

「さあ、どんなんですかねえ。それからズボンの前のチャックをはずして、氷を二つばかりボタボタって落とす。これが〝エスキモーの小便〟」

「くだらねえな。『宇治の蛍踊り』と同んなじじゃねえか」

解説をいれる。落語に出てくる「宇治の蛍踊り」とは、場内を真っ暗にして、素っ裸になり身体中に墨を塗って、頭ぁ黒い手拭いでほっ被りして、女とやる……いや、そんなことはしない。褌はずし、尻の穴にローソクはさんで火をつけて、部屋中這い回る、飛び回る。真っ暗な中にケツだけ光って「宇治の蛍踊り」……。これは広辞苑には出ていない。

「俺のいう通り演《や》ればウケるのに、俺の知らねえ歌唄ってよ、あんまりウケねえ……」

ジミーのプライドであろう。生意気だけど俺が同じアドバイスをしたら、聞いたかも知れない。でも、場所《ところ》がアメリカじゃあ聞かないかも知れない。

といって別にジミーはマイナー志向でもないはずなのだが……。

　そのころ、ジミーの女房の腹には二人目かな、その次だったかな、子どもが宿っていた。どういう事情があったか、例の如くわからないが、状況だけで言やぁ女房と腹の子を放ってアメリカに行っちゃったのだ。何故なのかジミー《むこう》も言わない、こっちも聞かないから、ワカラナイ。

　思うにこ奴も、人生成り行き非常識、おまけにグズで勝手でデタラメだから、まともな神経で組み立てても詮《せん》ない話だろう。人生すべからく、この常識という、グロテスクともいえる生き方にがんじがらめ、が普通一般の人間の生活《くらし》なのだから……。

世の中のモテる男は、かのカサノヴァの如く、〝次から次へ〟となるのだが、ジミーは違う。結果が〝次から次〟とこうなるだけで、相手の腹に子どもが出来ようが生まれようが、関係ないらしい。でも後年大きくなった男の子には悩まされたのだが、その話も近頃は聞かなくなった。

二年以上もたって、家元《わたし》はある日、バッタリ逢ったはかま満緒から、「ジミーの奴、帰ってきてるよ。もう、二カ月ぐらいになるってよ」と聞かされた。

「ふざけんな、この野郎」であった。

心配して、日本酒やらなにやら、重い土産を持ってオイル・シティの奴《ジミー》とダンディに届けに行ったこともあったのに……。

頭ぁ来て電話をしたら、いつものアパート《すみか》で、〝ネンネ〟とござった。

「いつ帰ってきたんだ」

「二カ月ぐらい前だよ」

「なんで連絡しねえんだ」

「まあな」

これだから怒ったってしようがない。

「これから出てくるか」

「いくよ」

いつもの銀座のたまり場で、何事もなかったようにジミーの夜の弾き語りであった。

でも、家元、一言だけは言った。

「カミさんと子どもはどうしたい」

「知らねえ。なんか女の子だってよ」

「…………」

「ねぇ談ちゃん、次、なに唄う？」

ジミーがアメリカに行く前の話だ。

二人の女がいた。二人の女の過去の状況はそれぞれ違っていたが、何故か、そこに二人はいた。その一方がジミーの情婦《いろ》となり、もう一人が私の情婦風であった。情婦風といったのは私の内部的表現であって、現実的には情婦であった……。

こういうと、いかにもワイルダー好み……、いやルビッチ好みのシチュエーションだが、それほどの物語は展開しない。脚本流に書くと、

〝二人の女は一緒のアパートに住んでいた。職業《つとめ》は二人ともクラブのホステスだが、店は違う。ジミーと談志はそれぞれ違ったクラブに通い、デキた〟
と、まあこの程度。脚本どころかシノプシスにもならないか……。

二人とも若く、気のいい「可愛いイルマ」であった。ジミーのイルマは知性があり、私のイルマはそれがなかった。つまり二人の女の間のバランスがとれていた……ということだ。

そのジミーが女房もイルマも放ったらかしのまま、〽異人さんのお国へ行っちゃった。後に残りし二人の相談相手、遊び相手は、とりあえず残された友人、〝お米の御飯《おまんま》〟と〝富士山〟と〝桜〟が好きで、日本国を放り出さなかった友人、談志《わたし》にかかってきた。

ある夜酔って唄って川の字の左端に寝たが、ごく成り行き、これが男女の友情の表現と、真ん中の当方の女《タレ》の〽上に跨がり、お馬の稽古……と始まった。孤閨を保っていた（?）右川の一本が三十センチ先の出来事を知らないわけがない。悶々と動くこと動くこと、耳をふさぎ、フトンを被り、はては枕を顔にのせ両手でそれを押さえての我慢だった。

それで盲腸になっちゃった。

〝手術代をよこせ〟といわれたが、払わなかった。

帰ってきたジミーがこの話を聞かされて、仕返しをしてやると乗り込んできたという。

「隣で見せられてるのって大変ね」
と今度は私のイルマが、私に言いつけた。

ジミーが珍しく怒ったことがあった。

「談志は許せねえ」と言ったという。怒気を含んだ口調で、直接電話がかかってきた。もちろん、理由《わけ》はある。ジミーと共通の友人（?）に、泥棒というあだ名の結婚詐欺師《スケコマシ》がいた。

こ奴とのつき合いは私のほうが古い。東大出の医者というふれ込みの長身の二枚目で、最初はどこか六本木あたりのクラブで御馳走《ゴチ》になったように記憶《おぼ》えている。そのくせ、帰りがけに、俺の持ってた「煎餅の入った袋」を呉れという。〝妙な奴だな〟と思ったが、話題もおもしろいし、落語もよくわかる。私の友人になったから、ジミーとも友だちとなり、毒蝮三太夫、梅橋、小円遊ら落語家ともつき合い始めていた。

そのくせ、〝どうもこの野郎は東大出じゃあないよ〟と感じた。知性のカケラもない。それらしくみせているが、詳しく入っていくと何も知らない、わからない。当時流行の睡眠薬の話になって、「東大の医者なら手に入るだろう」「もちろん」と言いやがったくせに、持ってこない。催促して催促して、問いつめたら、やっと一応、錠剤を持ってきた。「これは効きますよ」なんと三共の胃薬だった。

　ま、健康を害さないからいいかも知れないが……。

　会うたびに嘘をいう。

「師匠に羽田のリベリア航空のスチュワーデスが惚れてるんだよな。逢ってやってよ」

「ヒスイの香炉があるんだけど、今度あげますよ」

「あのホテルは顔だから、ロハで泊まれます。師匠もぜひ一度……」

　とにかく目の前にいる奴すべて騙していないと収まらない。自分の創った話の中に相手を引き入れて、初めて己れが安定するという性格で、世間でこれを「嘘つき」という。私はこういう性分だから、聞き流さず、〝どこの女〟〝どんな香炉〟〝どのホテル〟と問いつめる。泥棒は言訳の嘘を重ねて、逃げまくる。でも、ほとぼりが覚めると、またやって来ては、また始める。ニヤッと笑って出現《でて》くる、そのタイミングや、よし、でこっちの腹が立たない。

「スケコマシって、どうやって女を騙すの」

「相手を喜ばすんですよ」

　と当たり前の返事だ。

「たとえばどんなふうに……」

「前の女は新興宗教に凝ってて、毎朝、線香を焚いて経を二時間上げる。正座して、これにつきあうのが大変でね」

相手の経をやめさせりゃいいのにと思うのは素人の浅はかさで、スケコマシともなると、相手にわからぬよう上手に扇いで風を送り、早く燃え尽きるようにするのだという。

「これが芸ですよ、師匠……」

ときたね。あまり、いい芸じゃあない。「エスキモーの小便」のほうが、まだましだ。

結果、因果応報、結婚詐欺で訴えられた。相手は、〝金を返せ〟と当然いう。

「金はなんとか作ってやるから示談にしろ」と私が仲介に入って、相手にも来てもらったが、泥棒当人が来ない。来なきゃあ犯罪者になることくらい、わかっているのに、逃げた。

相手側が訴えたから、警察に追われる日々となり、一度などは、隠れ家に踏み込まれて、縁の下に逃げ込んだ。あきらめた警官《あいて》が、引き上げようとしたら、お定まりの、犬に吠えられて、這い出したが、裏は塀、その上は鉄条網。それに手を掛《か》け、向こうに飛んだ。血だらけで逃げたというから物凄い。明治の怪盗「五寸釘の寅吉」のようだ。

で、この時は首尾よく（?）逃げおおせた。

元来、家元は、仲間にはけっして金を貸さないのに、その間、泥棒には、なんのかんので、結構多額の金も貸したのだから妙である。カメラも貸したが返さない。

或る日、国会の前を家元歩いていた。そのころは議員センセイであり、芸人でもあるから〝国会の前を深夜〟と、こうなる。人通りのなくなった永田町界隈で、これがいつものスタイルの細身の傘ァ持った奴に、ばったり会った。

「オイ、泥棒」と声をかけたら、〝ギョッ〟として呼ばれたほうを見て、私とわかって逃げ支度だ。そこで俺様が〝ニヤッ〟と笑ったので、奴ァ、〝今回も助かり〟とばかり、そばに来た。

「どうしたい泥棒、逃亡中か……」

「そうですよ、大変ですよ」

「ま、一杯いくか」

「結構ですなぁ」

と、奴はいつもの「ＯＫ」が出たものとみた。こっちもＯＫを出したのである。瞬時に相手の気持ちを、空気を読むしたたかさ、これをセンスというのだろう。

　近所のクラブで飲んだ。国会議員と泥棒と……。

　そのうちに家元、疲れていたのか、いつもの不機嫌になった。

「オイ、いくらか金返しな」

「わかりました」といって客席を回り始めやがった。つまり、見知らぬ客を取り巻いて、いくらかでも金をせしめようという魂胆だ。回って、集めて、二万円だか持ってきた。

「バカヤロウ、こんなわずかな金じゃあねえぞ……」

また客席を回りだした泥棒に向っ腹が立ってきて、110番に電話した。「いまここに指名手配の奴がいます。」

「本当ですか」

「オイ、俺は現職の国会議員だよ」

「ハイ」

と言ったかどうか……。パトカーがサイレン鳴らしてやって来た。奴ァ、すっ飛んで表口に逃げた。逃がしてやろうかと、一瞬思ったが、「あいつです、アレ、あの男……」と教えたら、今度は泥棒、裏口へ逃げた。私ゃ、そこまでで、後味が悪かったが帰ってきちゃった。そこで泥棒、御用となったという。

「人間の業を肯定するのが落語である」と高座では言ってはいても、まだ家元も三十代の半ば、若かったから、実生活ではまだまだわかっちゃいなかったのだろう。

　後日このことを知ったジミーが怒った。〝仲間を売った〟というのだ。ま、それには違いない。でも〝仲間〟っていうけれど俺は泥棒じゃないから、泥棒仲間ではないし……。

「でも仲間じゃねえか。よくねえよ談志は……」

「うるせえやい、セコウエスタン野郎」

「絶交だ」

「上等だ」

で、ジミーと絶交、絶縁。あとで聞いたらジミーの奴、仲間がほとんど借り倒されているなかで一人、泥棒から金を借りていた、という。

しばらくジミーと会わなかった。……で、何んとなく会った。

「ジミーよ、お前あの泥棒逮捕のとき、奴から金え借りてたって……な」

「そうだよ」

「返したかい？」

「返してねえよ」

「オイ、俺はな、あいつに金ぇ貸してあって、結婚詐欺の示談仲介までしてんだよ」

〝非常識に生きるもんだ〟という落語家の了見から言えば、妙な理屈になるが、

「そうか、知らなかったよ。じゃあ仕様がねえ。俺が悪かったよ」

だとさ。

でも、そのとき怒ったジミーの語気は、

「ヘェー、あいつでもあんなに怒るのかネ。ジク〳〵愚痴る奴だとは知ってたが、あんなに物凄く怒る奴だったのかねぇ」でありました。

泥棒が捕まって、当然刑務所。そこに送られる前に拘置所から手紙が来た。が、この泥棒の手紙の字と文章の酷いの何の……。小学生も、もうちったあ気の利いた字と文句を並べるのに、〝ヒジキを零《こぼ》したような字〟だと言うが、それ以上だ。中身は〝いろ〳〵謝《すい》ません、素直に刑に服します〟なんぞ書いてあったが……。なにせ、相手は泥棒のこと、国会議員に手紙を出せば、看守の受けがよくなるだろうくらいのことは、考えていたはずだ。

面会に行った。金網越しだったかガラス越しだったか、ヤサ男がヒゲっ面で、痩せて人相も悪く、だらしなくなっていたが、もう例の〝大丈夫、許された〟という態度だった。

「オイ、泥棒。金のことはまあ〳〵として、カメラどこへやった」

「師匠、そこまで私を疑わないで下さいよ」

と涙をポロ〳〵流したが、後でこれも嘘だと判明《わか》った。

この天性の嘘つきが刑期を終えたのか、二年ぐらい経ってヒョッコリ訪ねてきた。そのころ、家元はニッポン放送で円鏡と『談志・円鏡歌謡合戦』という番組をやっていた。いま思うに言葉のイリュージョンそのものといった内容で、理解《わか》る奴は、無数にあるディスクジョッキー中の最高傑作といってくれたし、私もそう思っている。

　想い出す読者もいようから、チョイ書いてみよう。

「まず、小噺を一つ……」と始める。円鏡が駄洒落の小噺を喋ると、家元が小噺を演る。

「雨が降ると星条旗が笑うネ……」

「一杯呑めそうだナ……」

「ナンダカワカンナイ」

〝さぁ、来い〟と始まる。

「来年の予想をやりましょう」

「まずは、景気づけに年号を変えるそうですヨ」

「レジャー元年……」

「いや、私の聞いたのでは、エキサイト元年」

「いえ、盛り上り一年目」

「地下鉄が空を飛ぶようになるって？……」

「空《そら》地下という……」

「ドレミファソラチカ……」

「天気予報の予報番組が出来るそうで……」

「新聞が十分おきに届くってえますな」

「円鏡の嬶ぁが溺死するって？……」

「また、そういうことを……。溺愛してるんです」

「沖合百メートルでデキアイ」

「ナンダカワカンナイ」

「ラッコの毛」

「勝負あった電気釜ァ……」

なんだか、まったくわからない。幻想《イリュージョン》のセンスに合うか合わないか、だけである。

そこへヒョッコリ顔を出した。

「アラッ、おい、泥棒だ。どしたい、刑期満了、釈放か」

円鏡も、もちろんよく知った仲だ。

「待ってろ、いま放送中《これ》だからね。逃げるなよ、もう捕まらねえんだろうし……」

終わって、仲間が集まる銀座の溜まり場に連れていった。

「あのサ……いま、面白いものをみせらあ」と一同にいい、「オイ、入ってこいや」

泥棒様の入場に、一同拍手喝采であった。

さあ、泥棒の独演会だ。題して刑務所風景、実体験談である。

「あのネ、志ん生師匠がさァ、落語ン中で〝この嬶ぁの野郎、貧乏でいつもお腹《なか》が空いているから、お腹《なか》が背中にひっついちゃった〟って言いやがるから、〝今日は腹一杯喰わして動けなくしてやるから……〟って、アレ本当《ホント》。正月は特別に志る粉かなんか出て、腹一杯になるくらい喰いものが出る。あそこは喰うしか楽しみがないから、慣れてない奴ァ目一杯それを喰う。すると、人間動けなくなっちまうんですよ。落語はホント嘘ついてないネ……」

とにかく腹が空《へ》るから、刑務所《なか》での話題は食べ物のことばかり。「どこそこの角のパン屋のチョコレートパンは……」「違うよ、そのパン屋は角から二軒目だよ」、これで大喧嘩になるという。ところがなんと、現在《いま》の刑務所では食い物を残す奴もいるそうである。

「なんの楽しみもねえのかよ。あっちはどうだ」

「アレね、刑務所《あそこ》の符牒で〝走る〟って言うんだよね」

「知ってるよ、で、走ったのか」

「ところが、牢名主みたいな奴がいて、こいつが決めるんだよな。よし、今晩はお前走れ、これで走ってこいって出された写真が清川虹子なんだよ……笑ったよ。二度と刑務所だけは行きたくねえよ」

ウケたけど、本当かねえ。なにせ昔から〝嘘つきは泥棒の始まり〟というし、奴ァレッキとした泥棒なのだし……。

出所祝いに飲ませて、借金は棚上げしてやって、橘左近の筆で、名前の上に「泥棒」という文字を入れた千社札を作ってやった。それを渡したら、しばらくしてやって来て、

「あの千社札、作り直しました」

見たら、「更生者」と書いてあった。

この「泥棒の更生者」と、ジミーが一緒に住むようになった。その上、ジミーの渡米中、盲腸になった女《タレ》と泥棒が出来ちまった。

珍しくジミーが、「参ったよ」と言わない。

「えっ、泥棒と彼女と出来ちゃったの」

「そう」

承知なのである。

「三人一緒に居るの」

「居るときもあるよ」

私が電話をする。相手が出る。

「オイ、唄い手か、泥棒か」

「泥棒です」

「あのさ、泥棒よォ、今晩あいてるか」

「あいてますよ」

と、こういう会話なのである。

その泥棒は、刑務所で知り合った、その筋の本物の泥棒と組んで、競馬関係の新聞の仕事をし、本物を騙して金を持ってフケたという。いい度胸なのか、馬鹿なのか、〝持ったが病いで国へ帰れない……〟のか、二度と行きたくなかったあの場所に、二度目の刑期《おつとめ》となった。そのときに吐いた最後の嘘《フレーズ》は、なんと、「ソルボンヌ大学に留学するんで当分会えない」だったという。

その後の泥棒の行方はわからない。顔も出さない。ときおりジミーたちと噂はするが、誰も知らない。ソルボンヌ大学に行ったのかもしれない。私の元秘書だった女性から、

「パリで見かけました。骨董品屋の前にいましたよ」

と手紙がきたのである。ソルボンヌ大学を騙したのかしら……。

泥棒は居なくなったが、唄い手は居残っていて、肝臓の薬を食料にして、〝ドッコイ生

きている〟。

酒も、ときおりは飲んでるらしいが、さすがに博打《チーバク》までは〝手が回らない〟、いや、下手ァすると、この節、〝手が後ろに回る〟……。

それに、現代《いま》はあまり楽屋でバクチはやらなくなった。家元に言わせれば、これは芸人の堕落である。関西は知らないけどネ……。

そこで、ジミー時田、正月バクチでスッテンテンの巻。

ウエスタン映画の主人公は、まずバクチに強いが、この和製ウエスタン野郎はバクチに弱い。弱いなんて代物じゃあない。弱すぎる。スフの着物、古い障子、赤ン坊、ウエハース、巨人軍《ジャイアンツ》、雪の日の新幹線、飛んで火に入る夏の虫、蟷螂《とうろう》の斧《おの》の、如く弱い。

バクチだから、なにがどう出るかはわからないし、これだけ生き延びているんだから、一度や二度は勝ったこともあるだろうが、私の知る限り、負けばかり。その昔の、支那兵の如し……いや〳〵失礼、中国軍は強かった。蔣介石軍も八路軍《パーロ》も……世界で一番強い。アントニオ猪木より強い……、と書いときゃあ文句もあるまい。じゃあ日本でいう「また負けたか八聯隊」の如く、弱く負け続き。

おまけにジミーのチーバクは完全な助平バクチで、のべつに張って、最後までやめない。潮時をまるで知らない〝沖の鷗《かもめ》〟みたいな奴だ。負けると取り戻そうと張ってくる。勝つと嬉しくなって張り方がセコくなるから、勝っても少額だし、負ければ大きい。

酒なら飲んでしまえば無くなるし、酔っ払えば「もう、飲めねえ」となるが、バクチはその場で借金が出来るから始末がワルい。一緒にやっている相手も巻き上げた金があるから「銭はないよ」と言えない。せいぜい、言えて「貸せないよ。貸さないよ」だが、それも言いにくい。まして、仲間同士のチーバクだ。

時は正月、場所は家元の練馬の家。ウチの弟子どもと、正月につきものの、御祝儀バクチの御開帳。スキウィ、ミーノで、〝ミイジィー〟は……、そう〳〵、ジミーのことをわれ〳〵は〝ミイジィー〟と呼ぶ。田時《たとき》とは言わない。森田はタモリと言われているが、奴は〝ジィミィー〟相手が悪い。こ奴等ァ落語はトンと弱いが、バクチにゃ強い。里う馬、左談次、談四楼、ぜん馬なんていう千軍万馬往来、の強者《つわもの》たちだ。

競技種目（?）はドボン、ブラックジャックの変形で、「よしなヨ」と言ったが、なに聞くものか、ギターの音がやんだと思ったときはもう車座の一員で、正月だから、全員紋付きハカマの中でただ一人ウエスタンスタイルで挑戦している。取られては借り、取られてはまた借り、金太郎ではないがマタ借《カリ》で、十万《ツェーマン》以上もいったろう。

「ねえ、談ちゃん貸してよ」

「駄目だい。よせって言ってあるんだから、弟子に借りな」

「もう誰も貸してくれねえんだい」

「ならやめなよ」

「ウン……」

ショボンとして、チビ〳〵ウイスキー舐《な》めてたが、それっきり帰らない。そのまま練馬の権八となった。帰る気もないし、家に帰ったって金は一文もないんだから生活《くら》せない。奴ァ、世の中に貯金通帳というものがあるのも知らないのだ。おまけに日本の新年だ。正月からウエスタンでもあるまい、ということか、仕事もなさそうである。

行くところもないから私の仕事先についてくる。家元もさすがに面倒になって、一銭の銭もない友人を浅草演芸ホールの楽屋に置いたまま、裏の戸をこじ開けて逃げちゃった。以前の大島での高波のときと同様、「知るもんか」なのだ。これは一体なんなのだろう。ことによると人生の自然の厳しさを友情として教えてやっているのであろうか……。

「あんときゃ参ったよ」

再会の時の、ジミーの例のフレーズであった。

芸能生活四十年、その間に仲間がずいぶんと死んだ。いつも一緒にいたフレーズの合う仲間で、残ってるのは毒蝮とジミーぐらいになった。

マムシはあの通り、雷電為右衛門ゆずりの「桶皮胴《おけがわどう》一枚肋《あばら》」の身体だから、平気で酒飲んでパアパア言って「婆あー」と毒づいて生きている。ジミーは「ジジー」と言われそうな姿ではあるが〝ネンネ〟しながら生きている。銀座の「ナッシュビル」に月に一度は、ジミー時田とマウンテン・プレイボーイズで出演《でて》いる。

唄は四十年そのまま、「カウライジャ」であり、「ライダース・イン・ザ・スカイ」であり、「ノース・ウインド」、「キャトル・コール」である。不思議に声はひとつも衰えないように聞こえる。

「衰えてないよ」と当人も言う。

右を向き、左を向き、そしてまた右と、左右に体を振りつつ唄う唄法も昔と同じだ。ベトナム戦争にも、ビートルズにも、美空ひばりにも、まったく関係なく生きてきた。おまけに、いまの女房もＨＡ子そっくりで、最初紹介されたときは、なんとも驚いた。

「飲ませないようにしてるんだけど……」

と女房が言うところをみると、飲んでるのである。

「大丈夫かぁ」と私。

「大丈夫だよ、あのサ、日本人はアルコールに弱いんだよな。アルコールを分解する酵素がないんだよ。外人にはそれがあるから、いつも飲んでられるんで、これがアル中。日本人はアル中にならないうちに肝臓が参っちゃうんだよ。あれは肝炎、肝臓病で、アル中とは違うんだよ。アル中ってのはいくらでも飲めて、いつも飲んでる奴のことをいうんだよ」

「ならジミーはアル中ということか」

「そうじゃあねえんだよ」

「なら肝臓は大丈夫なのか、イカれてねえのか……」

「そうでもねえんだよ」

と、これまたなんだかわからないが、摩訶《まか》不思議な肝臓と、了見を持った元祖宇恵寿丹《うえすたん》のファンは多い。

ジミー時田に差しで唄い、語られれば、現代の若い娘も参るだろう。

四十年一昔《ひとむかし》、変わらぬ曲を唄っていて、なおかつ〝いい〟、ということは、観客は、ジミーによって作られた幻想《イリュージョン》の世界の確認にいくのであろう。

そうでなきゃ、何度も同じ歌手の同じ歌を聴きに行くわけがない。

「なあジミー、あんた落ち着いてるな」

「そうかな」

「急いでるところをみたことがねえもん。大島の岸壁以外には……」

「ありゃ、あわてたよ。参るよな」

「駆け出さねえのか」

「うん、駆けると疲れるよね」

「体力がねえんだよ」と毒蝮の口出《チャリ》し。

「そういやあ体操をしねえよな。運動もな」

「うん」

「ゴルフも、水泳も、スキーも、キャッチボールも出来ねえだろ」

「面倒くせえしな」

「ギターの投げっこてな、どうだいジミー」と毒蝮。

「よせよ」

台湾旅行のときもジミーの奴ァ、観光にも散歩にも行かなかった。ずうっとホテルで寝てたから床ズレが出来た。信じられないようなことだが本当である。

「俺床ズレが出来ちゃったよ」に毒蝮、「旅は床ズレ」、そして追い打ちを一発「世は情けねぇ」。

これがジミーの姿だ。

「そうだな、俺は落ち目よ」

「道路でいやあ、陥没だね」と家元。

「いや、埋没だ」と毒蝮。

こりゃあ凄い。陥没ならまだ凹んだ跡があるが、埋没となるとなにもない。カケラも穴も、なにもない。存在がなくなっちゃってるんだ。

「よせよォ、参ったね」で、ジミーも一緒に笑った。

欲望が少ないのか、己れを含めて、まわりの状態が理解《わか》らないのか、馬鹿というより優雅である。もっとも優雅というのは欲望に対する行為、行動のスローモーションな奴を言う。してみりゃ家元など、優雅などというものにほど遠い。いや縁がない。直進するか、「俺あ知らねぇ」「興味もねぇ」のこの二つだ。もし、その中間にいるときはイラつきの極なのだ。だからジミーと旅すりゃイラつきが嵩じて、本格になる。

「行くのか、行かねえのか、どっちだい」

「どっちがいいと思う、談ちゃん」

「知らねえよ」

「待ってくれ、いま嫁さんに電話をするから……」

飲茶《ヤムチャ》を食いに出ようかという話に、台北から、東京は杉並の家の女房に国際電話して、相談してケツかる。

「どうしたい、行けっていったのか」

「どっちでもいいって。で、どうしよう」

三泊四日の台北旅行で、家に掛けた電話代は三万いくらと相成った。

「電話代《これ》、どうしようか」

「知るもんか、銭がなきゃ台湾の『居残り』になってターギィでも弾いて唄ってろよ。身体で返すんだな。俺たちゃあ先に帰るよ」

「それはないよね」だとさ。

結局はジミー中心に回っているのかも知れない。なんのかんのとジミーに振り回されているのだ。だからときおり腹が立って、「勝手にしろい」とこうなるのだが、相手は勝手にしない。気がつくと相手のペースにはまって、こちとら疲労の極みだ。で疎遠になる。で、また、「ねえ、談ちゃんさァ……」と寄りかかってくる。

ジミーとて両親がいたからこの世に生まれてきたのだろうけど、産みの両親も義父《おや》も、最早、いない。ま、親の年代は別として、最初の女房（これが毒蝮三太夫の小学校か中学かの同級生）と縁も音信《たより》も絶え、次や、そのまた次の女房とも、その間に浮名を流した女性たちとも遠のき、たぶん生まれ、育っただろう子どもたちの現在も知ろうともせず、

「ギターを抱いた渡り鳥」ではない、ギターを抱いて〝ネンネ〟のこのごろ、一体奴はなにを考え、なにを想っているのか。神様はこの名人にあまり仕事を与えすぎると〝死ぬ〟とでも思っているのか、その偉大なる力をジミーに注ぎ、仕事を少なくしてくれているのだ。

奴はそれをどこかで知っていて、風に柳、砂漠にシャボテンのように——までよ、そんなに逞《たくま》しくはない——用水桶のボウフラのように、ただフワ〳〵と浮き沈みをしているのだろう。俺は柳だとも、ボウフラだとも言わずに……。

ハンク・ウイリアムズの傑作に「アイ・ソー・ザ・ライト」という名曲がある。

ハンクの死後、ハンク・ウイリアムズ・ジュニア主演で、彼の伝記が映画になった。そのラスト・シーン、地方都市の会場で満員の観客がハンクを待っている。ところがハンクは来ない。ジミー時田と違って、いいかげんな性格で来ないのではない。病気で出演が不可能になったのだ。

病気の原因は麻薬《ヤク》だろうが、それはさておき、待ちくたびれた観衆に司会者が言う。

「残念ですが、ハンクはここに来られません。それも永久に……」。あとの文句は忘れたが、私流にいえば、「彼は神のもとに空駆ける騎士《ライダース・イン・ザ・スカイ》となって天国に向かったのです……」

会場からすすり泣く声と同時に、どこからともなく湧き上がる合唱は「私は光をみた《アイ・ソー・ザ・ライト》」であった。

私はこれの替え歌で、ジミー時田のテーマ・ソングを作った。

あいそうがなーい《アイ・ソー・ザ・ライト》、あいそうがなーい《アイ・ソー・ザ・ライト》
もうもう《ノー・モア》、駄目です《ダークネス》、友もなあい《ノー・モア・ナイト》
可哀相、ジミー《ナウ・アイム・ソウ・ハッピー》、タロ（金銭）もなーい《ノー・ソロー・イン・サイト》
無礼だぞォ《ブレイズ・ザ・ロード》、愛想がない《アイ・ソー・ザ・ライト》

元祖宇恵寿丹、時田圭介とその仲間《プレイボーイズ》、一巻の終り。

えーお帰りはこちら……。

マムシ受け咄

毒蝮三太夫、本名石井伊吉《いよし》のことを書く。

一口に言うとマムシは〝いい奴〟である。

〝いい奴〟とは、己れにとって都合のいい奴のことを言う……。

〝悪い奴〟とは……　ま、いいか。


奴ぐらい談志《わたし》にとって都合のいい奴ぁ、ない。

こちとらの居て欲しい時にはそばに居て、御馳走してくれて、面白いことを喋り、つまり受け咄をしてくれる。

それも落語家立川流家元という、ちょいとやそっとの咄じゃ笑わないどころか、下手ぁすりゃあ腹ぁ立てるこの俺様が、あまりにもバカ〳〵しいので腹ぁ抱え引っくり返って笑い転げるギャグを飛ばす。時には凄惨なギャグも含めて……、そのギャグは、次から次と、これでもか〳〵とフィニッシュまで追い打ちをかけてくる。さながら大型花火スターマインの如くに……。

　そして、それらは作り話は一つもなく、一〇〇%アドリブなのだから物凄い。

　奴がインタビューに答えている。

　私《あた》しゃ当然口を挟む。

「あのネ、こんな奴に何ィ聞いたって駄目だい、こいつは馬鹿なんだから、目をごらんよ、バカな目だろ、これは〝バカメ〟といって味噌汁《おつけ》の実にしかならない……。馬鹿なんだよ、こ奴《いつ》は……」

　にマムシ、

「俺が利口だと、お前が困るだろ」

　私の最初の子が死んだ、それも生まれてすぐに……完全なる医者のミスで……。

　慟哭なんてもんじゃあない、アレ何なの何だろう。

　さほど子どもなんざあ欲しくもなかった、といってもいい二十代の半ばだったのに……。

　思わず子どもの頬に手を当てた、ちゃんとした人間の子どもであったたし、端正な顔をしていた男の子だった。涙が止まらないのだ。

それをマムシに言ったっけ……。

「可愛い顔をしていたよ」

にマムシ、

「いい子どものを見せるんだよ」

傑作の一つに〝旗出し〟がある。落語家やコメディアンのやる、あの〝赤出して〟〝白出さず〟……のアレなのだが、マムシの発想は凄い。

何と「オットセイ」「セイウチ」と「ラッコ」と「アザラシ」「アシカ」に「トド」を並べて〝旗出し〟と同じスタイルでこれをやる、と言う。この海の生き物を一列に並べて、

「オヤ、トド出たり」

呼ばれりゃトドが前に出る。

「トド引っ込んでラッコ出る」「ラッコ引っ込みトド出ない」「セイウチ出ないでアシカ出る」

やってるうちに同ンなじような顔ォしてるからナンダカワカンなくなってまちがって、

「ラッコ出ないで、トド出ない」なんてのにアザラシが出てきちゃって「アレッ、俺は違

うかな……」って妙な顔をして引っ込んだりする……という。

　これには呆れ、驚ろいた。引っくり返ったネ。

家元《わたし》の母親（元気なのである）が花見に行って土手で転んで手を折った。去年の話だ。で、これをマムシに話したら、奴ぁひとの話なんか聞いてないのだろう。

「そうか、大変だ、歩けねえだろ」

「何だ、この野郎、ひとの話を聞いてねえんだ。うちのお阿母《ふくろ》は手を折ったんだぞ、それが何で歩けねえんだ」

「……だから……そのォ……」

「何が、そのォだ」

「這ってサ……」

　成程手を折りゃ、這って歩けない……。

　昔、大阪でヤクザと喧嘩ぁして日本刀で頭ぁガックリ斬られ、ポッカリ切り口に穴があいちゃった。

　見舞いにきた奴のセリフ。

「貯金箱みてえだ」

毒蝮三太夫……いい名である。見事な名である。けど、あ奴にも一人前に本名はあって、「石井伊吉」というのだが……。

本名の石井伊吉なんざあどうでもいい。彼奴《あやつ》は正《まさ》しく毒蝮三太夫である。毒蝮三太夫だからこの世にあって、いささか他人《ひと》に知られてはいるものの、石井伊吉で奴のいう「本業の役者」をやっていたら誰ぁれも知らナイどころか、とっくにこの世に居まい。

名付け親は私である。私とはこの小説？の著者、落語立川流家元立川談志先生のことで私の本名は松岡克由というが、これも石井伊吉同様あまり関係がない。第一、生涯というか、今までに本名で呼ばれたことは落語家になる以前のガキの頃……、つまり小・中学校と、あとは何のハズミか参議院議員となり、国会で過した六年間で、国会《あそこ》では私のことを松岡先生と呼んだ。

物事何でも〝ついで〟があるから戒名も書き添《そ》えておく。「立川雲黒斎家元勝手居士」、これも私が自分で付けた名でござる。たいして長い名でもないから何からの〝ついで〟に覚えておいて欲しい。魔除けぐらいにはなるかも知れない。

正式？に全部並べると、落語立川流家元立川雲黒斎家元勝手居士、これで長いなんぞいっていた日にゃあ武田信玄なんぞの聞いたらビックリこくよ。

　何と、清和《せいわ》天皇六代の後胤《こういん》、源頼義の三男新羅《しんら》三郎義光の嫡子《ちゃくし》刑部《ぎょうぶ》三郎義清より十七代の後胤武田左京信虎の長男、甲斐源氏の大棟梁たる弓矢の智識大夫、武田大膳《だいぜん》大夫　源《みなもと》の晴信入道従五位の下徳栄軒《とくえいけん》機山《きざん》玄公大居士、というそうな。武田信玄も家元同様、ちゃんと戒名が入っている。ついでに言うと、戒名とは、まあクリスチャン・ネームみたいなものである。長い名前といやぁ、ブルネイの王様も長いが、もっと長いのをもう一人知っている。

「寿限無〳〵五劫のすり切れ……」

　これはいいか。

　さて、家元と毒蝮とのつき合いはてえとこれは古い。そう……昭和三十年頃からか、毒蝮となる以前、つまり石井伊吉の頃からの友達で、世間でいう「竹馬の友」で、落語でいうと「竹輪の友」という。

「俺とお前は竹輪の友だな」

「それをいうなら竹馬の友よ」

「だってお前とはおでん屋で知り合ったんじゃぁねえか」

げに見事なフレーズである。

奴の産《うま》れがてえと、お江戸は浅草の龍泉寺《りゅうせんじ》……。龍泉寺というとまず頭に浮かぶのは、樋口一葉『たけくらべ』とくるが、信如と美登利の舞台、としてはこの地はふさわしいが、毒蝮生誕の地、となると、〝嫌だネェー〟台東区の戸籍から抹消するか……。

もっとも、その頃は石井伊吉だから、〝伊《い》吉《よ》っちゃん〟と言われていたろうが……。

ちなみにこの毒蝮三太夫という名前、毒蝮三太夫本人にとっては嫌で〳〵仕方のない名前で、これを名付けたのは私の傑作の一つなのだが、奴にとっては屈辱でしかなかった。伊吉の了見としては、上原謙だ、鶴田浩二といきたいし、出来ればローレンス・石井ぐらいの名にしたかったのに……。

なら、〝何故受け入れたのか〟といやぁ、奴の優柔不断と、私の強引さ、等々、種々《いろ〳〵》あいまって、結局これしか芸能界で生きる道がない、とでも判断したのか、嫌々渋々《いや〳〵しぶ〳〵》、愚痴《ぐち》り、怒り、果ては呆れ、〝どうでもなれい〟となったものの、最初は、妥協案を持ち出したっけ。

「なあ、石井まむ志じゃ駄目か」

「ダメだい」
「じゃあ、まむし伊吉」
「ダーメ」

　この名前の由来は落語『花見の仇討ち』の中に出てくる浪人の名の一つで、黒煙《くろけむり》五平《ごへい》太《た》とか、毒蝮政右衛門とかいる中で、あ奴とTVの寸劇シリーズで家元が殿様赤井御門守、伊吉が家老田中三太夫で時事風刺を演《や》っていたときに思いつき、毒蝮政右衛門と田中三太夫を一緒にしての毒蝮三太夫なのである。

　その理由は唯一つ、何しろ伊吉は芝居が下手なのだ。おまけに発声を引っくり返るは、セリフは覚えられないときているのだから始末に悪い。あまり役者としての欲がないのかも知れナイ。だからその分他の役者に愛されたろう……。けど下手だ。強いていやあキャラクターだけ……。

けど、家元が受け咄に書こうてぇくらいだから普段の面白さなんてえものはない。だから役者より、雑業、雑優、雑エンタティーメントこそ、奴の場であり（雑エンタティーメントは家元の造語）、彼の持ち味であり、天性と判断し、石井伊吉じゃ、芝居でトチリ、間違えりゃあそれまでだが、毒蝮三太夫なら、「何ィ仕出かしても許されらあ」との発想であったのに、奴ぁ散々ゴネやがったから、ならいっそ二代目大河内伝次郎でも名乗れい、さすりゃぁ嘘にでも主役の一本ぐらいくるだろう、が、ま、とりあえず、あきらめて毒蝮三太夫になっちまえ……、と言い続け、何とその間《かん》二年の歳月が過ぎたのである。その歳月に私の想像通り伊吉の仕事は減り、収入は、そう月に五、六万てえところになり果てた……。で、最後にゃ、〝毒蝮ンなりゃぁ収入の保証をしてやらぁ、月に二十万俺が出してやる〟とまで言ったもんだ。

「あんときは、お前の友情に感謝したよ」

と後に言ったが、ナニ、こっちは毒蝮三太夫になりゃ三十万は堅い、と踏んでいたのだ。

その予想は当り。

「オイ、札が立つよ」

だとサ、一カ月の収入の一万札が束にするとその札が立つ、と言う訳だ。

街ィ歩いていたら、私の顔をみた奴が、「あんた知ってるよ、よく毒蝮とTVに一緒に出る人だろ」と言いやがった。

「何イ言いやあがる。俺が毒蝮にしたんだ」

と説明してやろうかと思ったが短かく演《や》っても三十分はかかるだろうから断《や》めた……。

毒蝮はあの通り売れに売れたが、当人のどっかに忸怩《じくじ》たるモノが押し込まれていたかも知れナイ。で……。後年、その言い訳に立川談志プロダクションの社長にしてみた。……理由は〝奴は面倒見がいいぞう……〟の一言で、小さん師匠も、そこに所属《いた》っけ。よく面倒みたが、面倒みすぎで赤字と疲労でダウン。で、おしまい。

おっとマムシの生い立ちだった。奴がなんで生まれたかってえば、お父っつあんと、お阿母《っか》さんがいたからだ……。とはいうけれどお父っつあんなしの、お阿母《っか》さんのみでも生まれるケースはいくらもある。いや、それとて何処かにお父っつあんは居る筈だ。

伊吉の母親は……まてよ、日本はお父っつあんから説明するのが伝統であろうが、ま、とりあえずお阿母さんから始める。

もっともお父っつあんなんざあ〝父親である〟という確証は定かでない。

まあ、逆算してみると月日が合うから〝ああ、あの晩のアレかいな〟てなもんで、この子どもが育ってきて、
「お父さんに目元がソックリですねえ」

なんぞ言われると、
「ああ、そうかいな」

と思うけど、子どもなんざぁ飼ってりゃあ皆飼主に似るもんだ、犬でも猫でも同じこと。

それが証拠に円蔵が飼ってた犬は二匹とも主人に似てバカだった。〝二匹〟でなく、〝二頭〟ともいうべき大きな秋田犬で、ちゃんと血統書が付いている。つまり血統書付きのバカなのだ。

円蔵の家に空き巣が入ってゴッソリ持ってかれたが、この二頭の秋田犬は一声も吠えなかったという。

そのくせ警官が調べにきたら警官《それ》に吠えた、とよく高座で喋ったもんだ。

ことによると犬の奴ぁ泥棒より警官のほうが本質的には怪しい、と本能で識っていたのかも知れない。〝泥棒と警官はどっちがいい〟、週刊読売の「シャレ・アップ！」という頁に、乙《おつ》な答えがあった。〝泥棒を捕えない警官を税金泥棒という〟。これは上手い。

犬の話じゃあない、マムシの話だ。マムシの親の話だったたい。

つまり、そのォ、マムシの子どもの頃、イヨシの……いま書いていて気がついたが、マムシもイヨシも仮名で書くてぇとたいして変らないし、音に出しても同様に、たいして差はない。

伊吉の母親は子どもを二人連れて、伊吉の父親と結婚《いっしょ》になった。いや結婚して伊吉が生れた。いや生まれてから伊吉と名付けられた。

親父の職業はごく理解《わか》りやすい。大工だ。〝でえく〟である。現代でもちゃんと通用する職業だ。

父親《おやじ》の顔を見せたかったネ、落語に出てくる八公、熊公ソックリそのままなのだ、懐しの講談社の落語全集、それぞれの落語に、その頃有名な漫画家や絵師が挿絵を書いている中に、清水対岳坊《たいがくぼう》の描く八公、熊公の顔、これが、他の誰の絵よりも落語の了見を伝えていて、私しゃ対岳坊が大好きであり、この手の類《たぐい》は後の「冒険ダン吉」の島田啓三につながる。島田先生が描いた先代金馬の「勉強」という（本来は清書無筆《せいしょむひつ》）落語の挿絵は見事でした。

その島田先生の弟子が手塚先生だから、島田流の落語の挿絵を手塚先生に書いて貰っときゃよかった。

島田先生には、落語の絵をたくさん書いていただいたが、先生には大変失礼なことをした結果となり、ここでお詫びをしておく。

熊公の顔で想い出したが、艶笑小咄にこんなのがある。

「おい、おっ嬶《かか》ぁ、見せろ」

「何を？」

「アレだい」

「莫迦なことを言うんじゃないよ、昼間っから……」

「いいじゃねえか、しみ〴〵見たことがねえんだよ」

「しみ〴〵見るもんじゃあないよ、すりゃあいいんだよ」

「そんなこと言うねえ、いいから見せろ」

「喧《うる》さいねえ、じゃあ、いま洗濯してるから、盥《たらい》の水に映るからサ、それをごらんよ」

　これを聞いたのが隣家《となり》の熊公だ。

〝しめた、八公の女房のアレが見られる〟と長屋の屋根へ這いあがり、上から見てるとは知らない二人。

「はやく見なよ」

「どれ〳〵……」

「見えたかい」

「やー、おまえのアレは熊公の顔によく似てる」

　いい小噺、好きな咄であります。

　これが友人の父親の紹介なんだから失礼千万……。いや、ま、家元の仲間ぁこんなところだ。何せマムシ父親の大工の熊公だ。で、この熊さん本名を「石井正寅」と申すのだから〝熊と寅《とら》〟、たいした違いはない。熊さんに寅さんの違いだ。まして、稼業が大工とくりゃあ落語の世界そのまま……。

と本気でその頃思ったもんだ。何んせ十代の後半だ。職人の世界、長屋の世界、落語の世界、これらに憧れていた頃だ。寅さんの熊さんに落語の世界を勝手にダブらせて嬉しく眺めていたっけ。

ところがどうしてどうして、この寅が何んと俺たちを怒鳴りやがったのだ。私の夢を現実に引き戻しやがった。

原因は麻雀、徹マンだ。伊吉の部屋で仲間ぁ集めて〝ガラッポン〟に〝喧せえ〟とぬかしやがった。

驚ろいたの何んの、いや相手の声もさることながら、マンガの熊さんが本気で怒るとは思わなかった。熊さんの寅さんが、庶民と同じ感覚でものを言うとは夢思わなかった。

長屋の八公、いえ寅公、それも落語全集の対岳坊の絵が怒鳴ったのだから……。

だってネ、この寅公の奴ぁ、ある日伊吉の家ィ行ったら、なんと一人でその家を引っ張っているではないか、嘘なんかつくものか……、いえ、そのォ、時々はつくけど、これは嘘でなく本当をつく。

家の下に丸太ぁ敷いて引っ張ってケツカったネ。これにゃあ驚いた。

昔〝国引《くにび》き〟っていうのがあって神様ぁ国を引っ張ってきて日本を創ったてえけれど……。それをやってたんですよ寅さんは、この現代に……。

そういやあ、現代これだけ文明が進歩してるくせに、国も島も一つも発見をしないてえのは失礼であろう。

昔はコロンブスでもマゼランでも、クックもガマも、島を、国を、発見したではないか。

何をしてやがんだろう近頃の冒険野郎は……。風船に乗って飛んで居なくなっちまう程度なのかネ。

でも、あ奴はいいや。天晴れだ。最近あんなに夢を与えてくれた冒険野郎も居ない。無事を祈ろう。

伊吉の親父の〝国引き〟ならぬ〝家引《いえび》き〟だが、あれ動いたのかなあ、動いたんだろうなあ。動くと思ってやってたんだろうし……。家が邪魔ンなったのか、建て増しをするのに動かしたのか、理由は聞かなかったが、家にヒモォつけて引っ張ってやがった。夏のことだった。

「オイ、伊吉、おめえの親父、自分の家ィ引っ張ってたよ」

「ウン」

それだけ。たいして珍らしいことでもないらしい……。

引っ張っていた寅さんは、明治三十七年寅年の正月に生れたので正寅、顔がゴリラに似てたんで仇名がゴリ。熊さんは、寅さんで、ゴリでタヌキ荘。お袋はタヌキ婆ぁと呼ばれていた。

引っ張られていた家は〝タヌキ荘〟というチャチな木造アパートであった。

引っ張っていた家は下谷の龍泉寺ではなく荏原中延《えばらなかのぶ》という東京の、まあ、はずれのほうで、奴ぁ、その地元の高校、大森高校に入った、と聞いた。後輩に「なべおさみ」がいる。あの「なべ」だ、「なべ公」「なべおさみ」倅が「なべやかん」明治大学裏口入学失敗の巻。

因《ちな》みに言うと我家《うち》の倅は〝明治大学をツマラナイ〟と途中でやめた。なべの倅は裏から入りそこなった。

どうだ、この違い。

世の中に信じらないことてえものは数多くあるけれど、毒蝮の子どもの頃は、それは〳〵可愛い子であったという。母親《おや》が伊吉を抱いていると〝その子を抱かせて〟と言われたことが数多くあった……と、これ、誰に聞いたのかなあ、マムシが言ったのか、母親《おや》が言ったのか、親が言ったのなら信用出来ないけれど……。それがそうでないのでござる。

奴のアルバムを見せて貰ったが、成程々カワユイ子、いまなら、そうなあ、コマーシャルに出演大結構。お菓子合格、味噌結構。池部良と一緒に海で泳いでいる写真も見たが、その頃の現代劇（古いネ）のトップスターと、映画の子役として出演《でて》いたのだろう。そのときのスチール写真なのだろうか。いや可愛い、本当《ほんと》だよ、あの蝮だよ、毒蝮だよ、フルネームでいう毒蝮三太夫だよ……。このくらいくどく書かないと誰《だ》ぁれも信用しない。違うか、くど〳〵いうから信用されないのだナ。

でネ、そのアルバムをめくっていると、このコマーシャル坊やが突然変身をするのである。〝私に抱かせて〟〝私にも……〟と羨しがられ、慈《いつく》しみ抱《いだ》かれた天使のような坊やが、あの毒蝮三太夫の顔になる。蛹《さなぎ》は蝶に変身をするが、坊やがマムシに変身を……ナンダカワカンナイや。

考えてみりゃあ父親《おや》が寅さんで、熊さんの顔とくりゃあ、ごく当然の成り行きで、世間ではこれを当り前という。落語でいうと〝親に似ぬ子は鬼子《おにご》〟とこうなる。

まあ判りやすく言ゃあ、人間が恐竜になったようなもんで、そのくせ後年ＴＶウルトラマンで、逆に怪獣と闘うのだから人生面白い。

ＧＩＡＮＴＳの松井はどうだったンだろうなあ……、大きなお世話か。

可愛い子を持った親の考えることはどこも同じ。〝役者にしたら……〟とこうくる。因みに、まずい面《つら》ぁしてたり、妙なご面相だと〝噺家にしたら……〟と、こう言われる、と先代三笑亭可楽の十八番『今戸《いまど》焼き』を思い出す。

「おたくの子、可愛いね、器量がいいなあ、大きくなると楽しみだ、歌舞伎役者《やくしゃ》かな、新派かな、映画俳優のほうが出世が早いぜ……」

悪いのはこういかない。

「すごいのを産《こし》らえちゃったね。オイ」と顔を、目、鼻、口と順にケナしていく。

「口が大きいねえ、なに？〝物をこぼしません〟そりゃそうだ。けど不思議な顔ォしてるなあ、見飽きねえ面《つら》だ。おもしれえって顔だよ、大きくなったら噺家におしよ……」

って酷い奴がいるもんで、こっちはいい面の皮だ。と可楽があの苦虫を潰したような顔で喋ったっけ……。もう五十年も昔のことになるのだから、談志《わたし》も歳をとったものだ。別に俺様だけじゃあないマムシも一緒に歳をとった。

伊吉はどういう筋から子役になったかは知らない。どこかの劇団、児童劇団にでも入ったのか、個人経営で、母親がジャーマネをやったのか……。その頃、児童劇団は花ざかりで「若草」「東童」「新児童」「ちどり」「キューピット」「こけし」……、そうだ、奴あ「こけし」だ、電動こけし……だ。

あのネ、私しゃネ、実をいうと、奴のことはよく知らないのだ。勿論交《つ》き合いもあるし

「竹輪の友」だけれど、奴の裏というか私と会っていない奴の大部分の〝時間と生活〟をまるで知らない。元来その手に興味がないから、奴のことを書いたり、喋ったりしていることは自分の知っていることだけだ。メモすらない、しない。思い出すまま、気の向くままに書いているのだから、原稿用紙に一枚の無駄がない。関係ねえか……。

「鐘の鳴る丘」に出演《で》ていたという、戦後の大当りラジオ連続劇、菊田一夫大儲け、北沢彪《ひょう》、阿里《あり》道子、〝修平あんちゃーン〟のあれだ。

　夕方になるとラジオから聞えてきたあのメロディ。

〽みどりの丘の、赤い屋根、トンがり帽子の時計台……。

マムシはこれに出ていた。いや、これでないほうの「鐘の鳴る丘」。つまり、その、この番組が当ったからってんで、これを芝居にして地方を廻ろうという、まあドサ廻りかな、その子役だとサ。その時の先生役に〽親ガメの背中に……のナンセンストリオの一人がいたという。森繁《もりしげ》久彌もいたというが記憶にない、と伊吉の弁。

　ラジオから「鐘の鳴る丘」が聞え、終ると次は「向う三軒両隣」。日暮れと共に子どもは家に帰らなければいけなかった。夜になったら家へ帰ってきて、一家で貧しいながらも夕食を食べるもの、ときまっていた。一家団欒という名の父親の権威であったのだ。

「俺の前に全員《みんな》集まれ」

「俺に感謝しながら飯を食え」

とっても大事なことのように思える、と思うようになったのも歳のせいだろう。

「向う三軒両隣」の主題曲《テーマ》をチャンと覚えてる。メロディだからここに記す訳にはいかないし、音符で書いても判らない、いえ書けません。坂東亀造＝巌《いわお》金四郎、山田のお婆ぁちゃん＝伊藤智子……と番組の終りでいう出演者《レギュラー》紹介も覚えているし、「鐘の鳴る丘」の歌詞は全部歌える。正式歌名は「とんがり帽子」。

「話の泉」「とんち教室」「二十の扉」「日曜娯楽版」等々、皆覚えている。メンバーも全部言える。ハッキリと幼き頭に刻み込まれていたのだろう。娯楽のない戦後、物資のない戦後を生き抜いていた頃だ。朝から晩まで夏ともなれば、川で泳ぎ、畑のキューリを盗《と》って喰い、トンボを追った幼き日々を、家元記憶力が抜群だからよォーく覚えている。

いかに家元記憶がいいか、とチョイ自慢をする。「向う三軒両隣」の挿入歌、ある時期流れた曲も覚えていて、

〽ヤクザになるなよ堅気になれと
可愛いあの娘《こ》がいうたのに

何故に俺《おい》らは堅気になれぬ
それも渡世の義理故《ゆえ》さ
鳴くな鶯《うぐいす》、春じゃと聞けば
ハンマー持つ手が
ハンマー持つ手がつい鈍る
……　ネ……。

マムシを知ったのは映画だった。映画は娯楽の№1であった頃、東宝映画は「二人だけの橋」。主役は久保明と水野久美。水野久美は東宝売り出し「スリー・ビューティーズ」と名付けられ、上原美佐、三井美奈、水野久美、スリー・ビューティーズという如く、三人共〝美〟という字が付いている。

美しき二人は映画の水に合わず、三人のなかで一番器量の悪い久美が生き残ったのも、役者根性ともいうべきか。映画は久保明と水野久美、伊吉はその二人の若者のあいだを取り持つ好漢の役で、よかったんだよなあ、後年あんな下手な野郎とはよも思わなかったものを……。

その頃は石井伊吉で高校生だから、もうあのお面《つら》つきとなってたが、別に女ぁ知って顔付きが変ったわけでもあるまいさ。まだ童貞だったろうに……。でも、あの頃の伊吉の奴ァ、歳上の女優に可愛がられて……、いろ〳〵……と……、ということは、まだ可愛さが残っていた頃に、ナニがあったのか。それであの顔に……つまり大人の顔（?）になったのか……。

　大学は確かに卒業した。家元は大学なんて糞喰らえ、高校すら一年で中退だから、芸人としての経歴は私のほうが偉いし数段上だ。奴の卒業した大学はポン大、つまり日大、正式には「日本大学」というそうな……。日大の〝芸術科〟と自慢らしく言っているけど、確か、「なべ」もそうだし、山本晋也も同じくだから、あの類《たぐい》の奴等の行く処で碌な大学ではあんめえ。そう言やぁ、その頃新宿の女郎屋ではポン大の生徒は安かった。つまり学割、理由は学生の数が多かったからである。

　マムシが日大《ポン》だろうが拓大だろうがそんなこたぁどうでもいい。言っておきたいことは、奴が大学を卒業出来たのも〝家元のお蔭だ〟ということである。これだけは書いて置かないと奴の為にならないので、ここに記す。

卒業の春がきたのに卒業出来ない、という。

「頭がワルいからなのか」

「金が無えからなんだ」

「月謝がたまってんのか」

「それもあるが、けど卒業にゃあ金が必要《いる》んだよ」

とのこと。

こちとらあ大学なんていう無駄な場所は〝人生に害さえある〟と本気で思ってたくらいだから、〝卒業に金が必要〟を聞いて呆れ驚いた。〝ザマアミヤガレ大学生野郎奴〟と言った。私は柳家小ゑんといってまだ二十歳《はたち》をちょいと越えた頃で、〝落語界に若き天才現れる〟なんて書かれた頃のこと……。

しかし、その〝若き天才?〟も青春のどこかに、学生服とセーラー服に憧れてはいた。

しかし芸人、寄席芸人、まして落語家、吉原に行かずしてどう落語を喋るのか、と気負っていたっけ……。で、初体験は新宿の花園町の女郎で……、いえ、それはこっちへ置いといて……、一金五千円也の件。

貸した金は五千円。

「たかが五千円じゃねえか」

「なら借りなきゃいいじゃねえか」

「利子を取りやがった」

「当り前だい」

「それも四分だ」

「貸す前に言ったじゃねえか」

「天引きしやがった四千八百円だったい」

「だから何だ」

「すぐ返したい」

「借りた金は返すもんだい」

これは、家元が奴に金ぇ貸して大学を卒業させてやった、と喋るたんびに、奴のいう反論。


家元とマムシとの間柄は、いまの会話のやりとりにつきる。

マムシが何んで金を借りにきたか、てえと当時あたしゃ、金貸しをしていた。月四分の利子で芸人、友人に金ぇ貸してた。ということは貸す金を持ってた、盗んだ金じゃあない、稼いだ金だ。正しく言うと、稼いだ金をムダ使いせずに、貯めて置いたのだ。その金を資本にした金貸し稼業は結構続いていたし繁盛もしてたけど止めた。取りっぱぐれたのだ。何んと一千万円で、二度だ。いまならどのくらいの金額か、少なくとも億であろう。以後、相手がどんな理由だろうが、誰が来ようが金は貸さない。つまり世間でよくある極《ご》く当り前のことを家元、若い頃、それも二十代で経験した、というだけの話。

　マムシの性格は極くおとなしい。けっして人に噛みつかない。もっとも本物の蝮だって別に理由もなく人間に噛みつくわけでもないだろうけど……。

　人間のマムシは唯〝婆あ〟、〝クソ婆あ〟というだけで、そのフォローはちゃんとしている。けどこの頃は、だいぶラフになり、それらを理解《わか》らない人にとっては暴言とも聞えるだろうし、側にいてハラ〳〵するときもあり、〝野郎失敗《しく》じったな〟と思うときもある。あるけどフォローなんざあいっさいしない〝ザマアミロ〟の一言だ。若き頃金ぇ貸して利子を取った了見と変っていない。変らないのを了見というし、性格ともいう。

　マムシを紹介したのは小林勝彦で、当時は小林陽一といって伊吉同様演劇青年でどこかの劇団に……あれ、まてよ、伊吉同様、彼らの仲間で作った劇団「山王《さんのう》」というグループのメンバーだったか。

「陽一が紹介したんだ」と言ったのはマムシで、私は映画を見た後日に、山手線の中で偶然会い、こっちから名乗ったと記憶しているが……。

「あんた、役者の石井伊吉だろう」が出会いの言葉とも記憶しているが……。

陽一は陽気で如才のない奴で、物真似やったり、駄洒落言ったり、つまり軽い奴、いまの所《ところ》ジョージみたいな奴に思えた。もっと正解にいやあ脳天気、先代市川段四郎の子、だが正式の子ではない。世の中に〝正式の子でない〟なんという子どもはあるまいが、つまり、正式の子ではない、わからぁね。市川染五郎の……、アレは違うか。

「将来《いま》にスターになる」といって周囲《まわり》からバカにされてたが、後年大映に入って小林勝彦と改名《なり》、山本富士子と共演したのだからその通りになったのだ。

その陽一が金ぇ借りにきた。

「いくら？」

「三十万」

「駄目だ」

「なら三万でもいいや」

こういう奴には金は貸せない、勿論断り。

仲間は、なんかてえと陽一を馬鹿にして、〝オイ陽一みたいなことォするない〟とよく言った。

麻雀やってる。リーチがかかってるのに陽一は、通る見込みがないのに三万を〝エーイ〟と捨てる。これが通った。次に目摸《つも》ってきたのが四万、〝なーに、こんなものオ〟とまた捨てた。これも通った。次に五万、これだって……〝ドカーン〟と当り。

陽一の言い草がいい〝いっぺんで当るよりゃいいや〟

で、間抜けなことォすると、〝陽一みたいだ〟

その陽一、小林勝彦は商業演劇の世界で、貴重なポジションに居る。悪役ござれ、何でもこい……だし、映画を語らせると家元も敵《かな》わない。陽一と山城新伍にゃ敵わない。勿論和田誠画伯にも遠く及ばない……。

麻雀で思い出したが、当時電話なんぞは無かった。日本にゃあったが、我々の家にゃ無かった。「電話が欲しいなあ」と心底思った。電話があれば〝フトン中で話が出来らぁ〟と家元現在《いま》の女房と恋をしている頃で、それを第一に思ったものだ。何んと通り一つへだたった小田さんというお金持ちの家の電話を使わせてもらっていたし、電話が掛かってくると、わざ〳〵女中さんが呼びに来てくれたっけ……。感謝・多謝。

だから、麻雀となると、相手を呼び出すのに、何と電報を使った。〝チチシス、スグカエレ〟のアレである。

〝イヨシノウチデ九ジカラヤル、スグコイ〟

やがて電話がそれ〳〵引けるようになってからは電話で呼び出す、これ当然。

我家《うち》に電話が掛かった、マムシからだ。

「何してんだい、早く来い、三人揃ってんだ」

「判ってる、すぐ行く」

ガチャン、また、すぐ掛かってくる。

「まだか、早くしろ」

ガチャン。

また掛かる。

「早くこい」

「バカヤロウ、お前が電話を掛けてきて、俺が電話に出ているかぎり、此処《ここ》から行けっこねえじゃねえか」

奴の言い草がいい。「ＯＦＦになれ……」

判らあね。つまり電話から遠ざかれ……ということで、芸能界の言葉というか、ま、符牒だな。

子役から青年になって、演劇に対する〝情熱〟に〝青春〟という〝狂気〟が加わって、同じ児童劇団の仲間と新劇を志し、劇団を創る、とはよくあるケース。で劇団「山王」というのを創った。同時代に出来た劇団に、現在に残る「四季」「テアトル・エコー」がある。「山王」のメンバーの服部哲治は二枚目、稲吉靖《やすし》は映画でもいい役を演《や》っていた個性的な二枚目で、そう、ロベール・オッセンてな感じだった。野口健二は明るく、後に日活に入社《いき》、木下雅弘と巨匠の名を二人分にした芸名となった。愛称は〝坊や〟、過日浅丘ルリ子に逢ったら「坊やどうしてます」と聞かれ、〝坊やいい顔になったよ、いい親父になったよ、元気だよ〟とルリちゃんに言った。

キン坊って奴《の》が山王にいた。石間健次といって、あの石間工務店の長男坊、跡取りなのに役者を志し、若旦那を捨ててこのグループに加わり、いい奴で野球と歌が上手かった。役者はいまいちパッとせずだったが、元気に何処《ど》っかで唄ってるだろう。

女優陣には陽一が連れてきた影万里江、トンチこと増山江威子《えい》、演出に筒井たか志、菅沼定憲、現在《いま》親父の後をついでの映画評論家筈見《はずみ》有弘《ありひろ》等がいた。私は有弘の評だけを信用している。おすぎよ、ピーコよ、クロよ、ごめんよ、君たちも信用している。その有弘も喉頭ガンでこの間死んだ。

石原慎太郎の『処刑の部屋』を第一生命のホールで演り、若き石原も来てくれた。若き家元はその頃、そのホールに事務員をしていた女性に、このホールで「若手落語会」を催していた縁で、山王のメンバーの一人と張り合って家元が女房にした、という因縁《いわく》もある。これ余計なことだったかな……。

みな青春の真っ盛り、キラキラ輝いていた。私がみてもそう見えた。

その頃遊んだ仲間、一緒に青春を謳歌した仲間には、私達が〝姐ご〟と呼んで、後に大映にいってスターとなった長谷川待子、まだ名の出ていなかった頃の三田佳子。

彼女をボートに乗せて、まだ汚れていなかった鎌倉の海岸を、沖に〳〵と漕いだら、心配したマムシの奴が泳いで追いかけてきやがった、「何しに来たんだ」に「危ねえからよ」だとサ。

皆それなりに淡き想いはあったろうが、現在《いま》のような男と女の姿ではなかっただけに懐《なつか》しく、いとおしい想いだ。

マムシ受け咄と称して書いているうちに、青春をふり返り、その紙数がつい多くなった。でも己れのためにも書き残して置きたいのだ。もっとあるよ、いろ〳〵あるよ。面白咄、艶咄、受け咄、等々……。まだ山のようにあるさ、でもこの辺で石井伊吉、マムシの話に戻す。

マムシの奴ぁ新劇で、つまり劇団「山王」で赤字を出し、残ったメンバーでプロダクションを作った。その代表、ジャーマネが、逸見事件?のマネージャーの三木だ。名付けて三木プロダクション、この三木の奴ぁ……ま、いいか。

テレビの創成期だから、そこそこのキャリアのある人間は、新劇、喜劇と多忙となり、あのマムシすら、日にテレビの掛け持ちの三、四本はやっていた。その一つがあのウルトラマンはアラシ隊員なのだが、なにせ声は引っくり返って裏声になっちまうわ、台詞は覚えないわ……いや覚えられないのだろう。それは私も同様で、それらしき事は言えても、台本通りの台詞は言えない、覚えられないのだ。これ一体何んなのだろう。

映画なら〝ワン・ス・モア〟も出来るが、その頃のテレビはぶっつけ本番生テレビ、それもドラマの生なのだから伊吉はたまらない。いえ、相手はたまらない。

奴が新幹線の改札係でいる。そこに犯人を追っかけてきた刑事が、

「いま、こう〳〵こういう人間が通りませんでしたか」

そこで奴が答えることが、このドラマの重要な鍵になるのだが、見事にそれを忘れた。台詞が出てこない。当人も困っているンだが、あの顔だから困っているふうに見えないので困る。

相手の刑事役は仕方なく、自分でマムシの台詞を喋る。

「あなたは、あっちへ、行ったって、言いたいんでしょう。分りましたよ」

てなもんで一応片は付くが、あとねぇ……番組が終って後のことだよねぇ……。

それをその場で私が一緒に居たからみてたよ、終って奴に、

「どうしたぁ」

「忘れちゃったんだ」

これは受けた。だけど、これが受けるなあこちとらの世界だけだ。ドラマの世界、ＴＶの世界、いや、どこの世界でも所詮無理、駄ー目。それを一緒になって受けてる処をみたときにゃあ「そうかあ、奴ぁ、こちとらの世界の人間なんだ」、と心底思ったネ。

で、笑点の座布団運びから、毒蝮三太夫襲名、ラジオの人気者、今日に至る、てなこった。

あ奴の一番似合う役は、山賊の乾分《こぶん》と駕籠《かご》担《か》きだが右の通りだから……。

役をだんだん降ろされて、端役に近くなったある日、役を貰って衣裳部屋に行ったら、そこでくれた衣裳が、何んと全部で手のヒラにヒョイと載っただけ、という。つまり褌一本だった。川越人足の役だったのだ。これも似合う。マムシほど川越人足の似合う俳優はいない。〝ヨォッ、毒蝮ィ〟。

マムシたぁ、奴の青春スタア時代に知り合い、やがて青春でなくなって駄目になり、テレビの世界に……、と、友人として見てきたが、くどいようだが見てきたその間に感じたことは、一つは「役者にゃ向かない」

もう一つはこ奴のあまりと言えば馬鹿々々しさ、面白さ、それは粋とか、洒落れてる、とかとはまるで違う次元の代物で、何んというのかなぁ、ナンセンスがそれに近い表現になるのだが、それをもっと超越した、呆れ返ったバカ〱しさなのだ。それはきっと人間が一番始末に負えないもの、それを認めちまうと社会生活が成り立たない、と思われているもの、非常識も含めて、もっと人間の非条理なものの世界であり、私自身、長年それらを求め、〝それは一体何んなのだ〟と悩み、四方八方からそれにぶつかり、挑戦し、それと落語の持つ「人間の業の肯定」と、大衆芸能という、大衆という文字で表わされてしまっている社会常識の肯定との葛藤に苦悩し、その裏《うしろ》というか、底に流れるナンダカワカンナイ人間の不完全さを、毒蝮の言動の中に私は認めたのだろう。逆に言やぁ、一番求めていた芸能の本質をマムシの野郎は持ち合わせていたのだ。

で、私の司会番組、これも私の作った傑作の一つである「笑点」ていうテレビ番組に座布団運び、という役で出した。

因みにこの番組はいまだに続いていて、芸の無い咄し家共に無駄飯ィ喰わせてやっている。

この番組での伊吉の役どころはてえと、いい答えを出した咄し家に座布団をやり、下手な答えの者からそれを取り上げるだけのことだから馬鹿でも出来る。

そのうちにマムシにも何か喋らせろ、ということになり小噺を演らせた。

「草津へ行ったら夕食に鯛が出た。クサツっても鯛だ」とサ。

くだらなくて面白いのだが、何んせ役者に向かないくらいだから、喋りが満足に出来る訳がない。

普段は抜群に面白いのだが、それを〝演ずる〟となると演ずることが下手だから始末に悪い。結果ツマラナイ、で仕方なくその〝ツマラナサ〟を売り物にして笑いをとったのが当った。

例えば私と漫才をやる。家元器用だから何んでも出来る、これは関係ない。

するとネ、奴ぁ、石井伊吉そのままで喋《しゃべ》りゃあいいのに、何と漫才師という役づくりをするのだ、それは役者の習性だろうが、何度も言い、書いたが、これがカラ下手なのだからたまらない。始末にワルい。

「普通にやれ普通に……」

と言っても出来ない。頭の中じゃあ判ってるんだろうが出来ない。世の中に役者ほどセコい者ぁないと思ったネ。八ッ当りでもなかったネ。

セコいけど面白い。親切だし、いい奴だ、とってもいい奴だ。どうしよう、えーい仕様があんめえ、伊吉はなまじ役者だと思うから相手も一つの型に入れて見る。規範の中で判断をしてくる。ならいっそ、それらに当てはまらないもの、強いて言うなら「雑俳」とでもいうか、上手《うま》い下手《へた》なんざあどうでもいい。奴の存在に意味を持たせたのである。

「マムシが居らぁ」

これが勝負だ。まして奴のあの身体、桶皮胴《おけがわどう》一枚肋《あばら》で雷電為右衛門と同じなのである。自動車に轢かれようが、肥溜《こえだめ》に落ちようが人は同情しなくって済む。

「マムシが車に轢かれたってサ」

「車が壊《こわ》れたろう」

「その通り」

「マムシが肥溜に落っこったぁ」

「そうれ、見に行け、面白いぜ」

　これが見事に当り、毒蝮系列というべきタレントの続出の今日となっている。

「漫才を教えたから、ついでに落語も教えてやらぁ」

「いいよ」

〝いいよ〟だってさ。〝いい〟とはOKという意味だよ。字で書くと〝嫌だよ〟ともとれそうなので一言断っておくけど……。場所は野郎の住むタヌキ荘。教師である俺様が正座あしている前に胡坐《あぐら》ぁかきやがって……。

「ヤレ、ヤレよ、さあ、ヤレい。照れんな。遠慮するな」

　と言いやがった。

「このバカ野郎、そんな教わり方がどこにある。キチンとして正座ぁして、〝お願い致します〟と頭ぁ下げろ」

　に〝アイヤア〟ってアラブのお祈りのような形ィしやがったネ。

「やめた」

腹なんぞ、まったく立たない。バカ〳〵しいだけだ。で、その後誰かに教わったんだか、テープで覚えたんだか、『湯屋番《ゆやばん》』を覚えてきて演《や》りやがった。勿論、当然下手っくそ。円楽の弟子より下手だ。円蔵の弟子より酷い、けど何か明るい。聞いちゃぁられないが見てられる、我慢は出来る。もっと落語をマムシ流にやりゃあいいのだが、ここが伝統芸の深さというか、ガンジがらめとでもいうべきか、演者はどんな素人でも『落語』を意識したときに、その伝統の殻の中に入れられてしまう。その形ィ借りたときに、もう家主に家賃を払う店子姿勢が生れてきてしまうだろう。してみりゃ、伝統芸なんてなあ、所詮、盛え、亡びる運命か、もし、それを保ち、守り、または、新しく革命をしようてえのは、その人間、演者のパーソナリティ以外の何ものもないのであろう。

そこで我が家元の……、おっとイケネエ。『現代落語論』じゃあない。「マムシ受け咄」だった。

マムシは役者は下手だが……（本当いうと何が上手というのだか判らないけど……）野球は上手だ。

本人もプロ野球選手を意識した、というけれど……、ポジションは捕手《キャッチャー》、昔のジャイ

伊吉《いよ》がクリちゃん連れて二人で我家に泊りにきた。クリちゃんは日本橋三越の六階の食堂につとめていた頃だ。彼女の家系は例によって家元は識らない。知っているのは江戸っ子で末の娘らしいということぐらいか……。こちとら新婚だから二人でジャレてたら、それみてやがる。

「お前達もやりゃいいじゃねえか」

「でも、俺達はまだ法律で許されてない」

二人共結婚生活が長くなったある夜、マムシ夫妻と一緒に何処かに泊ったネ。で「スワッピングをしようか」ってなことになった。いや冗談だから、「てなことになった」のでなく、「言っただけ」だ。

クリちゃんは江戸っ子。潔癖で、まだ洒落の世界にまで入れなかったか、

「嫌よ、あたし……」

に毒蝮、

「心配するな、差額を取ってやる」

話を戻す。つまり昔のハナシ。それにしても〝昔のハナシ〟ってえフレーズはいい。こ

んな楽な文句はないね。

奴ぁ昔から正義漢で、いや昔は正義漢であったから、私の行動は時には許せなくなるらしく、「もう二度とつき合わねえ」とよく言い、断交をしたもんだ。

山中湖で麻雀をした。マムシが俺に敵《かな》う訳がない。こちとらズルイし、心理作戦はやるし、それにイカサマが加わる。炬燵の中は囲炉裏で、粉みたいな炭火だから。とう〳〵一酸化炭素中毒ンなって私は吐いた。頭ぁ痛い、死ぬ苦しみで、「もう勘弁してくれや」と倒れたが、負けてるマムシは「駄目だ死ぬまでやれ」

勿論出来なかった。だって中毒なんだもの……。

奴が勝ってりゃあ止めるのも認めるだろうが、何んせ負けてる。〝どうも怪しい〟とは睨んでいても、イカサマはバレない。最後にゃ負けてこっちに払う札を半分に破いて、あと半分はこの次の勝負まで……だとサ。札ぅ半分貰って帰った。

昔から仕事をよくスッポかした家元に奴ぁ本気で意見した。それも血相を変えて……

「よくねえ」とサ……。

どう分解しりゃあ理解《わか》るかなあ……つまりネ、普段はごく真面目人間が、俺達に会うと受けなきゃならないと判断したとしてバカぁ始めるのだとしたら、無理してるわけなのだがそうも思えない。天性のようにも見える。どっちが本当のマムシなのか……。どっちも本当だろうが、本心は真面目なのか不真面目なのか……。いや違うなァつまり、何ていうか普段はごく真面目が優先しているのだが……。そのごく真面目がある時それを全部ポーンと放り出すし、どうでもしろ、人間なんて不完全だといわんばかりに放り出す。一体何なのだろう。

あ、そうだ。二重人格なのだ。とすりゃあ嫌な野郎だ。周囲に受けようと常に行動している。特に女性にそれをやる。当り前かぁ……。

女性にはロマンチックに言動し、いや男女共に自分が優越感をもっている場所ではこれをやり、〝駄目だ〟と思った処では常識を放り出してバカをやるのか。

で、それが受けるようになっての今日なので、その部分が増幅されてきた、しかし、増えてはいるが、俺達のいないときのマムシはツマラナイ。そのときは自分を放り出している、と当人思っていても実は、放り出してないのだ。

つまり〝セコ受け〟、〝一般受け〟、になっちまう。待てよ、奴ぁ〝一般受け〟と〝プロ受け〟との判断も出来てねえんだ。そうだよ、きっと。

その証拠の一つになるかどうか判らないが、奴ぁ女に惚れられているのも分らない。

「オイ伊吉、あいつお前のこと惚れてるよ」

「そうかあ……」

しばらくして来たね。

「ウン、惚れてる。惚れてた」

だとサ。

クリちゃんとどんな恋の話をしたかは知らないし、言わない。そう言やぁ奴の艶話も知らない。向うも言わない、こっちも聞かないし……。

マムシ殿下は自分から受け咄もしない、受け咄がないのかも知れないし、どれが受け咄かも分らないのかも知れない。

せいぜい受けさせようってえ芸は、盛られた茶碗の飯を〝クルッ〟と一回転させて取る、というだけ。田舎の宿屋の女中なら一回ぐらいは受けるから、奴ぁ、受けると何回でもやる。

その何回でもやるのにクレームをつけたときの返しがいいのだ。

「どのくらい我慢するか試してる」

「味噌汁でやれよ、受けるから」

「やれるけど、こぼれる」

放り出した時の〝受け〟も判るから、喜んではいるが……。〝一般受け〟との差がよく判ってないように思える。


私が衆議選に東京のド真中から出馬して落ち、〝シャクだ〟ってんで次回は参議院の全国区からまた出たもんだ。そのバックに石原慎太郎の「新しい世代の会」がついて、全国区の応援は東が立川談志、西が細川護熙で私は無所属、細川はご存知自民党。二人とも当選したから、細川とは同級生ともいえる仲でもある。

その選挙中にマムシが五十万円持ってきた。驚いたし、嬉しかった。何んせ銭が無えんだし……。


「当選したら返してやろう。落選したら貰っとくが」

ときめた。

きめて、当選はしたが選挙に銭がかかっちゃったから「有難く貰う」ことにした。

後日、奴がクリちゃん連れてヨーロッパに新婚旅行という。

餞別に四十万やったら、

「十万たりねえ」

だとさ。

野郎返して貰うつもりだったんだ。

新婚当時プロレスに凝った。相手が居ないから女房のクリちゃんを投げたり、押さえたりしている。クリちゃん叫んでる。

「伊吉さん、ブレイク、ブレイク……」

彼女の下着ィ隠したり、冷蔵庫の中にスリッパ入れといたりして、夫婦愛を確かめている。

マムシは味覚の方はさっぱりだから何んでも喰う。

腹が空《へ》ったからてんで、菓子パン屋に入って、牛の糞みたいな砂糖の塗ってあるパンを買ってきて喰っている。

「いくら腹ぁ空ったからって、そんな物ォ食うなよ」

「いいじゃねえか、だってこれ食い物だろ」

レストランで食事して外へ出た。

「オイ、何か喰おうか」

「いま喰ったじゃねえか」

「そうだ、そうだな、なら五分たってから喰おう……」

クリちゃん江戸っ子できれい好きで、几帳面だが家元だけは許してくれる。酔って抱きついても「談志さんは別」と言ってくれる。

で、スワッピング……の話は書いたネ。

クリちゃん家《ち》に泊った。つまり伊吉の家で、現在の一戸建てでなく、昔のマンションで、飲んで小生ベロ〳〵は毎夜の通り。

朝ンなって、奴ぁ早く出掛け、私がラジオの公開録音で一席演るのを知ってるから「談志《こいつ》を頼むよ」と行っちゃった。

こっちは二日酔いだし、スッポかし屋だから平気で寝てる。けどクリちゃん几帳面の真面目だから、私を起こす。

「いいよ、行かないよ、行ったって駄目だい、演れねぇ」

「駄目々々」

と起こして、嫌がる私を湯に入れ、着物を着せ、足袋ィ穿かせて車ぁ呼んで、

「TBSまでお願いします。お客さんは談志さんですからよろしく……ネ」

タクシーは別に、客は酔おうが眠ってようが関係ないから、世田谷から赤坂のTBSへ……。降ろされて楽屋ぁいったもののベロ〳〵だ。フロアに引っくり返ってる。

ディレクターがきたネ。

「大丈夫?」

言ったこのディレクターも昨夜《ゆんべ》伊吉ン家《ち》で一緒に遅くまで飲んでた野郎だ。世間の奴ぁ酒に強いネ。

「酔ってて悪いなぁ」

他のディレクターが言った。

「いままで素面《しらふ》で来たことなんてないじゃねえか……」

「本当かなあ」

「本当だよ」

本当なのかなあ、本当ならよくないねぇ。

出囃子が鳴って高座に出たよ。咄の枕は、〝何で俺様は酔っているのか〟ということを酔って喋ってるんだからまあどうやら持ったものの、落語に入ったらもう駄目。落語にゃ型があるから「形無し」になっちまう。

「あのネ、もう駄目。酔いが落語の限度を超えてます……」

これが落《さ》げ？　つまり五分ぐらいか、つまり失敗。「行かなきゃよかった」の一言だ。クリちゃんにすりゃあ、自分の役目はキチンと済ませた、となるのだろうが……。そのクリちゃんも今日《こんにち》では、

「談志さん、今日は行かないほうがいいワヨ」

と変ってきた。私の影響と年月のせいだろう。ついでに伊吉もそうなった。けど、まだまだ常識の世界にキチンと生きている。生活《くら》している。

「オイ伊吉、暇か」

「ウン」

これも昔の話。

「松竹に行ってこいよ、一日だけど五万出さあ」

行ってきたよ。急に役者が足りなくなったのか、「誰か居ませんか」と松竹の知人から私に頼みがきたので伊吉を行かせたが、実はその出演料を五十万と吹っかけて貰っちゃったんだ。

後でこれが判別《わか》った毒蝮。

「お前あの出演料《ギャラ》五十万とったって?」

「そうだよ」

「じゃあ、友達のギャラハネたのか」

「ハネたんじゃあねえ。そっくりいったんだ」

「それにしても五十万の五万は非道《ひで》え」

「バカヤロ、お前喜んで受け合ったじゃねえか」

「そうだけどよォ、それにしても非道《ひでえ》ネ」

何かてえと奴ぁ家元を許すときにこの話をする。

「そういう奴だよ、あ奴《いつ》は……」

こっちは半分洒落なのだ。友情を賭けた洒落なのだ。これであ奴が偉くみえる（本当かね）。つまり「漢楚軍談」の、項羽を大衆の中で待たせた范増《はんぞう》の心意気だ……嫌な言い草、言い訳である。

だがこれをやるにもその下地はあって、マムシの奴ぁ、それなりに手前ぇ勝手で、例えばタクシーに二人で乗ってる。奴ぁあの身体《からだ》だし遠慮ってえものがないから、太《ふて》ぇ足ィ拡げるの何の、屋台店の蟹みたいに……、おっと、この蟹、蟹だ。カニ、これが何と、毒蝮三太夫の天敵なのだからこれまた摩訶《まか》不思議。地方などへ行って、公演が終って打ち上げの会場などに蟹の料理があるとどう判るのか部屋に入って来ない。お膳の下にかくしておいても駄目なのだ。「ウッ、居るな……」って判るから妙だ。

そのくせ蟹の身は平気で食べる。身を食うくらいだから芙蓉蟹《フーヨーハイ》（かにたま）なんざあ何んの抵抗もない。つまり蟹の形が嫌いらしい。否、怖いらしい。よくみりゃマムシは蟹にも似てる。それも毛ガニに似てるくせに……似てるから嫌で怖いんだろう。

家元に怖いものはない。蛇もマムシも、蟻も、毛虫も怖くない……。いや、一つあった。お金が怖い。一万円札の束が怖い……。

……ツマラネエな、面白くねぇ。本当はゴキブリが恐い……。

そう〳〵タクシーの中で蟹ィみてぇに足ィ拡げやがるから。

「オイ、あんまり足ィ拡げるない。こっちが窮屈だい」

「その分だけ俺が楽だ」

野球に誘った。後楽園球場にマムシがきたが切符が一枚しかとれなかった。

「困ったよ、切符が一枚しか入らねえんだ」

「困ったなあ、お前どうすんだい」

桶皮胴《おけがわどう》一枚肋《あばら》は丈夫一番だから相手の健康状態なんざあ屁でもない。まるで気にしない。イビキはかく、寝言はいう、寝屁《べ》えはたれる。

「一晩中寝らんねえや」

「寝りゃいいじゃねえか」


友人の高山栄《チャー坊》はいい奴だからたまらない。いつもマムシにこき使われてた。ヤレ〝肩ぁ揉め〟、上から〝桶皮胴肋を踏め〟、〝按摩あしろ〟……。

「いいのかい、いつもチャー坊にそんなことやらせて……」

「いいんだよ。なあ、チャー坊」

だとさ。

「好きなんだよな、按摩がな、チャー坊は……」

「好きじゃあないよ」

とチャー坊。

「嘘つくない」

とマムシ。

新宿は山手線のホーム。いきなり後方《うしろ》から俺様を突き飛ばしやがった奴がいた。そこへ「ガァー」と電車が入ってきた。我ながら運動神経が発達してたのか、〝クルッ〟って柱ぁ抱いて廻って避けた。みるとマムシだ。

「何しやがんだ」

「洒落だ、冗談だ」

「冗談で、こっちが電車に轢かれて死んだらどうすんだ」

「洒落の分らねえ奴だった、って言ってやる」

そういうことがあるから、五十万のうち四十五万ぐらいの金は当り前なのだ。

それより、このキツイ洒落をどれだけ受け止めるかで、楽屋噺として後世に残るのだ、ウヒィーッ。

プールで遊んでいた。麻布のプリンスホテルのプールだ。その頃ホテルのプールにいるなんざあ、エリートで、何か〝ゾクッ〟と擽《くすぐ》られるような青春の甘酸っぱさがあった。

仲間が集まってきたので、「水球をやろう」ってことンなったネ。

「メンバーがたらねえ」

みたら三島さんがいた。

「ねえ三島さん、水球のメンバーがたりないんで入って下さいよ」

「いいヨォ」

何ら屈託もなく一緒に水球に興じた若き三島由紀夫であったっけ……。

鎌倉の海岸で子どもに、

「ネエ、おじさん、ボート貸してよ」

マムシボート屋に間違えられたっけ。

プールで、子どもが水中メガネを持ってた。

「貸してくれよ、おじちゃんに」

とマムシ。

「嫌だ」

「いいじゃねえか、出世しないよ、家が火事になるよ、オシッコが出なくなるよ」

いろんなことを言って借りてきた。

〝グィーン〟と水ン中ぁ潜って俺の前に浮かんだ伊吉、メガネはずして、

「何もいねえや」

浮いてきて何か言おうってえ了見じゃあないんだし、メガネ借りて一丁何か言って受けてやるか、ということでもない。ナンダカワカンナイ。

ある日、昔の仲間が経営《や》っていたポルノショップを閉店《しめ》るんで、二軒分のポルノ用品を家元ン家《ち》へ持ち込んだ。正確に言やあ、貰ってきた。いやはや凄い量だ。家元の練馬の家はやたら広くて十《と》部屋ある、その二階の、二十畳近くある洋間に一杯になっちゃった。セーラー服、ストッキング、パンティ、穴あきパンティ、エロ本、エロテープ、グリグリ、イボ付き、鯰、コケシ、ＳＭ用品、ゴムプレイ、お医者さんごっこ用全部、塗り薬、盗聴器、人工ペニス、もういいか。そんなに微に入り説明にゃあ及ぶまい。全部きたのだから、ダッチワイフも一緒に嫁入りとござった、それも大勢で……。

南極なんぞに持っていくほど精巧じゃあない……。山本晋也に聞いたら、その、つまり、

精巧なるセイコー用のダッチワイフを作ってる人のいうにゃあ、

「あそこと、あそこに嫁にやりました」

と言った、という。山本晋也の話だが、この種の話だけはまあ信用出来る。

そこで我家の嫁のハナシ。セコ嫁、セコダッチワイフだから、ビニール製で、あそこもネ、唯ついてるだけだ。

試しに入れてみたが良くないネ。家元勿論酔った上でのことだ（ナニ言い訳することたあない）。

たくさんあるからワルさして遊んでた。アレに指ィ突っ込んだりしてたら、指ィ抜いたら、凹んでた部分が指と一緒にボコンと外へ凸《で》っぱっちまって、元に戻らなくなっちゃった。これ妙な図だぜ。チャチなダッチワイフと言え、髪の毛も、目も鼻も口もパイオツもヘアもある、女性が、ヘアの下からボコチンみたいな突起が出てる、妙にエロチックでグロテスクだ。

さあマムシの一言。

「こりゃあダッチョ・ワイフだ」

とサ。

来る奴、来る奴持って帰るからずいぶん少なくなったが、まだある。穴あき、グリグリ、セーラー服、欲しい人はどうぞ……。穴あきパンティは洒落になる。お土産、ゴルフの景品、……駄目かな。むしろ男性が穿いたらいいよ……。今晩帰って穿いてみるか。

　高原のホテルに二人で行った。案内は地元の観光課の人、マムシの出番だ。いやはや、いろ〳〵と聞くの何の、手前ぇに芸のない奴のパターンだ。もっとも現代《いま》のTVで芸なんぞ演ったって誰も聞かない。騒ぎ合ってのリアクションだけが受ける世の中である。

　その一方の雄？　だから、聞くの何の、ただ聞くだけだ。あれこれ、聞いた揚句に、何んとマムシは、

「ねえ、この土地《へん》で一番寒い時期は二月頃ですかネ」

「バカヤロウ、何んて質問だ。質問になってねえじゃねえか。〝この土地で一番寒いのはいつ頃ですかね？〟と聞きゃあ、相手は〝二月頃ですよ〟と答えられるけど、〝一番寒いのは二月頃ですか？〟って聞きゃあ二月が一番寒いのにきまってらぁ。そんな質問があるか」

　にマムシ、

「俺の質問には答えも入ってるんだ」

マムシの芸？　の一つに集まった観客の中に妊婦がいると、その腹ぁさすってやるってのがあって、結構知られているらしい。

「ハイー、お腹《なか》をさすりますよ。安産間違いなしですよ」

なんぞやっている。

「ついでに産道もさすりますか」

聞いてて呆れた。

「よせ、バカ野郎」

大笑いだった。


おとなしい奴毒蝮。真面目な野郎三太夫。それがある時、ある瞬間にそれらを放り出すのだが、何なのかよく判らない。

「エーイ、面倒臭え」

と放り出す。

「どうでもしろ……」

と放り出す。

どの辺から放り出すのか、その基準は家元にはまるで判別《わか》らない。当人もワカラナイ。

宴席に出演させた。家元の前座にネ……。何ィやってるんだか見えないが座敷中が、〝ギャアーッ〟と受けていて、その笑い方なんざあない。天井が飛ぶようなのだ。見たら舞台から座敷に降りて、何と客の頭ぁ順に張り倒してるのだ。

それを客が喜んでの大受けなのだ。

まったくナンダカワカンナイ。

終って聞いたら、

「フィーリングが合ったんだ」

だとさ。その後に上った高座の家元、十八番の『平家物語』は一つも受けねえかった。刺激が違う。

マムシが女性を二人連れて来た。意外に何時も女性を連れたり、傍に置いといたりしているらしい。〝らしい〟とは家元にその姿を見せないからで、別に意識してはいないだろうが……、まァ私たちの仲間は、いわばそれ〴〵逢った時だけの仲間で、会う場所はほとんどバー「美弥」という銀座は泰明小学校前の小さな一軒である。だから、陽一も中尾彬も松平直樹も、のべつ逢ってるから、仲間ではあろうが、その実態は解らない。多羅尾伴内だ、……ワカンねえだろうなァ……。

で、伊吉、いえマムシ、マム公。あっち三人、こっち一人で計四人でメシィ喰った。〝払いは……〟となったら、〝お前が払え〟とマム。とう〳〵〝マム〟ンなった。これ以上短くはならない。〝マ〟じゃ理解《わか》ンないしネ。

「馬鹿ァ言うな。お前は女ぁ二人連れ、計三人だ。俺は一人だ。女ぁ見せびらかしやがって……。お前が勘定払うのが人の道、礼儀作法というもんだ」

「いや、お前が払え」

「じゃあ百歩譲って割り勘にしようか」

「いや、お前が払うのがいい」

「何でいいんだ」

〝マ〟の奴の言い草がいい。

「割り勘にすると四人とも不愉快になる。お前が払うと、不愉快なのはお前一人で、あとの三人は愉快だ……」

とさ。で、払ったよ、家元。余り馬鹿々々しいので……。

若い頃のエピソードを想い出した。パーティーを開いた。その頃、余りパーティーという形式はなかったが、そこは若き新劇？を志している仲間だから、そういう事のみは敏感に行う。パーティーといっても、伊吉の家での宴会だ。ホテル、立食、スピーチなんざぁ、ずーっと後代《あと》の時代の現象で、それはあったろうが、別の次元の人たちだけのもの、……そうなあ、外人と交際《つきあい》のある人たちのところではあったろうに……。

長谷川待子が先に帰るというので送って行った。伊吉は呑んでる、結構酔ってた。こっちはまだ奴の家で飲んでたっけ。帰って来た奴ぁ、中二階のような場所にその宴会場の部屋があったので、洒落に下から上《のぼ》って来て窓ン所から、〝ベエーッ〟と顔を出しやがった。みたらビンゴのボールがあったから、それを奴の顔にぶっつけた。別に痛くもない。ただぶっつけた。そこでだ。〝ビャアーッ〟と両手を放したんだ。当然ドスーンと庭に落ちた。それっきり酔がきたのかダウン。偉い奴だ、と思ったネ。生命ィ賭けて、身体ァ張ってのギャグだ。球に当った、両手を放して〝バンザイ〟の〝ビャアーッ〟は凄い。今日のそのケはもうあった。〝三つ児の魂百まで〟……いやこれは違うか……。

朝のラジオでのマムシの番組は長い、相も変らず〝爺ィ〟〝婆ぁ〟と毒舌合戦。あんなに爺ィ、婆ぁに受けてる奴はいない。

人間永く生きてると世にいう「常識」という世界から解放されるのか、それらのフィーリングがマムシと合うのだろう。

また奴ぁ両親の晩年の子だから、つまり爺ィ、婆ぁに育てられたような気分もあるのだ。

何んせ父親はタヌキの置物を集めてたタヌキ野郎で、女房まで〝タヌキ婆ぁ〟と呼び、蒐集の一つぐらいに思っていた奴だし、何んと女房に先立たれたとき、その過去帳に、〝昭和四十八年、〇月〇日、石井ヒサ、ノビル〟と書いてあった。と伊吉は言ってた。そんな父親の血がどこかに流れているのか……もっとも家元は血なんてもなあ信用しないし、血液も、星座も、人間の成長、形成、内容とは一致しない、と思っている。

すべて環境、氏より育ちである。

しかし、よくみりゃ毒蝮三太夫、人生は二枚目の部分が多く、クリちゃんと住む家は見事に建ってあり、整理整頓されているし、家元のように着のみ着のまま、万年床で散らかすだけ散らかした狭いマンションの一部屋で原稿書いて、酒ぇ飲んでるのたぁまるで違っていて、奴の地下室……、因みに一戸建ての二階家の小さな豪邸にある地下室には背広や靴が並んでいて、往年のマルコスの女房、あのイメルダの部屋の如き感ですらある。

マムシのスタイルは一年中、それらのブランド品でキチッときめて、乗ってる車は何んと昔からベンツだ。家元は三十年前にテレビの運動会で貰った赤いスニーカーと、継ぎハギだらけのジャンパーで地下鉄。今年の夏は何とズボンは一着のみだから、夜帰ると汚れてると洗って干して翌日穿いて行く。何処へ行くのもこのズボンにスニーカー。結婚式も葬式も、パーティーも右翼の会合も、議長公邸も……である。つまり俺のほうが偉いということ。

「オイ、伊吉よ、お前なあ、庶民のタレントというたら車なんか持つな。たとえ持っても国産のにしろや」

「ベンツはドイツの国産車だ」

　そのベンツが壊れた。解説書はドイツ語だから奴にゃあ読めない。何んと俺ン処に相談にきやがった。

「お前、大学出てるのに読めねえのか」

「読める訳がねえ。どっかにバームクーヘンって書いてねえか」

　ナンダカワカンナイ。

　奴も日記をつけている。家元もつけてる。奴の日記にはこう書いてある。

「……これを……読者は何と思うか……」

読まれるのを前提でいやがる……。

私の従兄がガンになった。マムシをつれて見舞いに行った。

「どうなんだい」

「もう駄目なんだよ、せいぜい元気づけてやってくれよ」

「いいよ」

で、病院へ行った。

「こんなに痩せちゃいまして……」

と我がイトコ。

「減量に成功したじゃねえの……」

友人のラジオのディレクターが入院した。奴ぁアコーディオン弾きをつれて見舞いにいったネ。病院の廊下からアコーディオンを弾かせ、唄いながら病室に入ってった。

中年の看護婦が顔色変えて飛んできた。

「止めて下さい、ここを何処だと思ってるんですか、病室ですよ……」

マムシの一言。

「愛染かつらにも、こういう看護婦が出てきた」

岡村文子だ、古いなあ……。

金貸業をしてた頃だ。

「金貸しはどうだい」

「順調だい。こないだ一千万貸して、月に二分ずつ入ってくらぁ」

「そりゃな、借りた元金から払ってるんだ」

その通りになっちゃった。相手の会社は倒産しちまったのだ。それをマムシに言ったら喜んだの何んの……。

「そうかあ、気の毒になあ。駄目かあ、返ってこねえのかあ、取れねえのかあ……。可哀想になあ……」

満面に笑みを浮かべて同情してくれた。

私《あたし》は何んと四十《しじゅう》歳を過ぎてから煙草を覚えた。それまでは一度も吸ったことがなかった。ロスだか、シスコだかへ行ったら、そこでマリファナを吸っている。

「一服どう？」

ときたから、やってみたものの煙草ォ吸ったことがないから堪らない。ゴホン〳〵とムセただけで効果ゼロ。

帰国して〝口惜しい〟てんでマイルドセブンで稽古をした。ところがその歳まで吸ったことのない煙草を生れて初めて吸ったものだから、さあ大変だ。目が廻る。クラ〳〵する……。つまりマリファナは不要、マイルドセブンでOKなのだ。

で、私の麻薬はマイルドセブン。第一マイルドセブンで捕った奴はいない。

カンビール一本と、マイルドセブン一本に自分でチンポコをさすってる。

これ、酒と麻薬と色事だ。これは金がかからない、と漫談で喋った。

マムシにロスだかシスコだかの一件を話したら、

「いやあ、吸えなくても、その部屋にいると、その空気で酔うんじゃねえか」

「なら、スプレーに入れて、シューと、部屋にかけりゃあいい」

「そうだよな、で、さあ、それをゴキブリにかけたら、ゴキブリは引っくり返って手足ィバタ〳〵させて笑うよ」だとサ。

それだけの話、でも想像するとオカシイ。マムシが喋ると腹ぁ抱える。

だが、それらはこちらもその場に居てのジョークであって、奴が、〝あのネ、こないだネ〟という話はマジな話はあっても、受け咄はない。やってもつまらないからしないのか……いや、元来しない方だ。その昔、そう……その当時の仲間、梅橋、小円遊等とは違ってた。彼らは私に受け咄を探し作ってきて喋ってくれたっけ……。

今度のこの本のことについても、

「お前のことをチョイと書くよ。あまりネタがねえんだよ。何か面白い話はねえか。あったら教えろや」

じゃあ、バーでゆっくり……。会って聞いても何もない。たまにあっても俺様が世間に発表した「マムシ受け咄」の受け売りだから、情けない。……しかし、それを〝なじった〟ときのリアクションの凄さ……。ひと口に言ゃぁ、家元にやり込められているときの伊吉はいい。それは昔の月の家円鏡……いま、何という名に変ったか知らないが、江戸川べりの平井という町に居た下手な咄し家に共通する〝芸〟があった。

〝生きてる〟ということは一体どういうことなのか。人間生まれて死にゃぁいいのだが、困ったことに〝生きている〟という実体というか、実感を創るために、〝己れ〟という個性を持つ。その個性は己れが求めるものにゃぁ違いないが、それに満足しているのか、どうか、ということだろう。勿論、人間に〝満足〟なんてものはあるまい。けど、そこ〳〵のＯＫは？　その承諾の基準は何処にあるのか？　どの辺のラインなのか？　それを決めかねている処に個性というものがあるのか……。

「マムシは一体どうなのか？」家元はエゴイストだから、どちらかと言ゃぁ手前《てめ》ぇの〝我〟を通しての個性の方が強い、と誤認かも知れないが、そう思うことにしている。

「マムシは一体どうなのか？」相手が作ったマムシ像にＯＫを出しているのか、まだ〳〵それは嫌なのか……。

「マムシは一体どうなのか？」もう諦めたのか、そこ〳〵満足しているのか？

「マムシは一体どうなのか？」人間はどうなのか、マムシの女房は〝談志さんに感謝よ〟と言ってくれるけれど……。まぁ〝友人に立川談志が居る〟ということは、左程不快ではないらしい。俺様に言われるのも、不快ではないらしい。それは奴の優越感かも知れないが……。もっとも余り言ゃぁ「聞いてないよ」という奴だが……。ま、いいか、放っとけえ……。


　マムシがＮＨＫの忠臣蔵に出演した。何んと役が奥田孫太夫。タイトルに役と名前が出たネ。奥田孫太夫・毒蝮三太夫、どっちが役名でどれが芸名だか判ンねえ……と、自分で言ってた。

どうだい、芸人てなぁ元来相手から呼ばれて行くもんだけど、お前は違うんだから、こっちから行く、ってなあどうだろう。つまり無差別に何処の家にも店にも会場にも行っちまう。

来られたほうは、もう仕方がない。〝マムシが来たら二千円でも三千円でも払うもの〟と決めちまう。

それを払えない、払わない奴ぁ、〝洒落の解らねえ野郎だ〟〝人生にゆとりの無えバカだ〟〝ユーモアのない奴だ〟て決めちまえ。それやろう。

これ、いいと思うなあ。毒蝮三太夫がきたらとにかくゼニを払う。これが一つのステータスとなって、

「俺ン処はマムシの奴がもう二度もきたんだい」てなもんだ。

もっとも、嫌がる人もいるから、当然マムシ情報が出る。ラジオから、TVから、新聞も、「今日のマムシは城南地方に出そうです……」なんと言われると、城北地域に現れる。

「いいねえ、やろうよ、談志《おまえ》も一緒に来いよ」

「俺は嫌だい……」

「芸の幅が広がるぞオ」

ＴＶだってそうだ。制作費が大変なら、金ぇ持ってきた奴から出しゃいい。たいして変わりゃあしまい。出演者に、カメラマンも大道具も、そしてスタッフ一同にも「ＴＶに出してやる、ＴＶ制作に参加させてやるから金ぇ持ってきな」と言やあ済むと思うがなあ。素人が仕切ってるいまのＴＶなんざぁ、誰でも出来る。

と、いろ〳〵書いているが、毒蝮《あいつ》の言い草もいくらか載せとかなきゃあ、不公平だろうから、マムシの言い分も入れて置く。

「談志かぁ、あいつな、ああいう奴だよ。威張るだけ威張ってやがるし……、でも奴を敵にするとヤバイよ。味方にしとくに限るよ。……つまり、〝核〟みたいな奴だから、こっちへ置いときゃあ安心だが、敵に持たれると、イザ！ってえときに大変なことになる。……と言って不要だからといっても捨て場所に困る……」

同じ年配の仲間が「肝友会」という肝臓病患者の会を作った。集まっちゃぁ温泉で酒盛りだから何んにもならない。宇都宮の精神科病院の院長の招待で、滝沢先生というこれも肝友会の一人。

「ねえ先生、この中で誰が一番先に参りますかねえ」

「ジミーだ。ジミー時田だよ。そうでしょ先生」

「そうねえ……」

「マムシは長生きするでしょうね」

「ウーン、でも、何だかボケそうだなあ……」

マムシはボケるとよ。この先生も〝お先に〟と肝臓で亡くなったっけ。メンバーの声帯模写の松井錦声も、私の以前のマネージャーの長縄《ロープ》というのも、肝臓で死《いか》れた。で、まだ彼らの死んでない頃、家元も悪事の後遺症でC型肝炎になった。いまもそうである。

さ、そこでだ。人生なんて、人間なんて、ボケるなんざぁ考えようによっては最高の幸福とも言える。時間を忘れ、我を忘れているのだから……。つまり常識という、無理して作った人間が生きていくためにこさえた学習に疲れ果てた結果であって、当人は何んの不足も不快もない。迷惑するなぁ周囲《まわり》だけなのだ。

周囲の迷惑でボケという、陶酔の世界を否定されるのは甚だ遺憾であります。

落語風にやると、

「アラ、お前は一郎だえ」

「そうよ、お母さん、一郎さんよ、私は……」

「浩子だろ」

「そうよ、判ってるのねえ、お母さん……」

「お釈迦様ぁ、どうしたい」

オヤ〳〵オヤ〳〵、となるんだがネ。さあ、ここだ。このとき、相手は言葉を合わせてみたらどうなんだろう。

「お釈迦様ぁ、先刻《さっき》まで居たのヨ。お母さんに会いたいって、キリスト様と郵便局で待ってるって、行ってらっしゃい」

「行ってきてくるかね」

つまり、麻薬の幻想、幻覚トリップと同じに思ったらどうなんだろう。

元来はボケが正当なのかも知れないのだから……。

食べて、ボケーとして、ウンコ丸めて、どこが悪い。

そのことを正常と称する人に迷惑がかからなきゃあいいのだろう。

ならボケ防止などというバカな事ぁ止めて「安心してボケられる国造り」をした方がいい。

そこで毒蝮三太夫の出番である。

最後の御奉公である。

日本ジジ・ババ党の総裁となり、このテーマ、〝安心してボケられる国造り〟をやればいい。

家元も顧問として参加する。

皆ンな集まれよ。ノックちゃんよ、上岡よ、たけしも、所も、鶴瓶、高田文夫も。景山民夫も宗派を越えて集まれい。

ポール牧も〝ウンコ丸めて指パッチン〟

家元これ本気なのである。

ＥＮＤのタイトルの後に……。

毒蝮三太夫、本名石井伊吉。

昭和十一年三月三十一日生れ。

子役として、創作座より映画。

こけし座に五、六年。

劇団「山王」を作る。

三木プロダクション所属。

立川談志プロに入る。やがてその社長。
別れてまむしプロダクション。
今日に至る……、いまだボケず――。

解説

毒蝮三太夫

〝解説〟の依頼を受けて、初めて『談志受け咄』を読んだ。いや初めてとはおかしいと思うだろうが、まったくもって記憶にないのだ。単行本が三一書房から出版されて二十五年か……そういゃ「お前のこと書くから話を聞かせろ」と銀座のバー・美弥に呼び出されたことを思い出した。その時何を話したのか……「ダメだ、お前の話はネタにならねぇ」と言われたような気がするが、そりゃこっちだって最初《はな》からまともに受けたわけじゃないのだからダメでもともとだ。

発売当時の単行本の帯に、「落語の天才 立川談志が小説界に初挑戦!!」とある。二十九歳の若さで『現代落語論』を書き、その後もちょっとした売れっ子作家なみに次々と本を書きまくった。結果、遺した著作は質量ともに落語家としては群を抜いているだろう。だが、このような小説（私小説というのか）はあまり書いていないのではないか。それにしても扱いにくい輩《やから》、材料を見事に読み物として形にしたもんだ。どうみても毒気が強すぎて並みの料理人《かきて》じゃ手も足も出ない難物であろう。二〇一五年に又吉直樹《またよしなおき》が芥川賞をとったが、二十五年前の『談志受け咄』はナンの賞にも引っかからず、さして話題にもならなかったのは何故だろう。当時の文壇はまだまだ落語家が書いた作品を受け入れる時代ではなかったのか、それともあの生意気な談志にあげたらあとがコワいと怖気づいたのかもしれない。現在《いま》ならどう評価されるだろうか。

この小説の関係者には共通点がある。書かれた三人も書いた立川談志も昭和十一年生まれだ。昭和十一（一九三六）年と云や二・二六事件、阿部定事件があり、翌年には日中戦争が始まる。日本が太平洋戦争に向かっていく、どす黒い時代に生まれ育ったのである。四人とも戦争には行っていないが戦争を知っているという微妙な世代だ。もともとオレはノンポリというか、そう突き詰めて考える質《たち》じゃないが、感性豊かで才気走った奴が「鬼畜米英」「進め一億火の玉だ」と刷り込まれ、ガラリと変わった戦後教育に「大人は信用ならない、世の中は信用できない」と反発しても無理はない。談志がやたらと分析好きで皮肉屋になったのも、落田が一般社会からドロップアウトしたのも、そんな生まれ育った時代背景があるのではないかとこれを読んで感じた。ジミーの奴は……ありゃどんな時代に生まれてもあの通りだっただろう。

改めて読んでみると、談志《あいつ》の文章力、描写力、観察力、構成力には舌を巻く。一つ間違えば不謹慎と思われる記述も絶妙な寸止めでちょん切る。犯罪すれすれの咄も多いが卑しさを感じさせない。これは談志の生き方そのものだったように思う。それにしても「川柳」だ「都々逸《どどいつ》」だ、果ては「西鶴の辞世の句」だ「清少納言」だなどとさり気なく挟んでいるところなど談志《あいつ》らしい。そういゃ奴が持っていた「小野小町のサイン入りの尿瓶《しびん》」はどうしたのか。

談志の交遊録に基づいて書いた小説だから主人公は三人ともよく知っている。落田やジミーはともかく、オレが自分のことを知っているのは当然だと思うだろうが、オレ自身すっかり忘れていることを談志《あいつ》は抜群の記憶力と見事な人物描写、情景描写で鮮やかに描いている。「あいつ、こんなとこまで見ていたのか。オレをそんな風に思っていたのか」などまぁ多少腹立たしく、ちょっと感傷的な思いもあったが……まぁいい、三つの「受け咄」について談志《あいつ》の思い出とともに書き加えておこう。

先ず「任侠受け咄」の落田八郎。よく覚えている。でも顔は思い出せない。待てよ、落田は仮名かもしれない。まぁその筋の奴だからさすがに談志でも本名じゃ書けなかったのだろう。落田《おちた》八郎《やろう》、実に巧く付けたもんだ。今、生きているのか、あの世なのか、皆目分からない。

四十年ほど前、談志がリーダーで芸人を十人ほど集めて、一週間ハワイへ行ったことがある。その中に落田《ヤツ》もいた。全員浴衣を着て街を練り歩き、大歓声を受け「イョーッ、スモー、リトルズモー！」なんてヤジも飛んだ。二月だったからか、やたらと雨が多くて寒くて、加えて出演したテレビ局（ＫＩＫＵ ＴＶ）のアナウンサーが初めから終わりまで「タチカワさん、タチカワさん」と云っていたこともあり、談志《あいつ》は「ナニが常夏のハワイだ」と終始不機嫌であった。でも、オレたちは談志の世話で美味いものを食い、泳ぎ、楽しい旅をさせてもらった。だが帰りの飛行機の中でちょっとした事件があった。落田がマリファナだかハッシッシだかを大量に機内に持ち込み、それをオレに囁いたのだ。

ホノルルの税関では何故かそのまま通してくれたが、成田では厳重に検査される。見つかれば一行のオレたちまで調べられる。オレは落田に「団長の談志にも迷惑がかかるから処分したほうがいい」と懇々と説得しトイレに流させた。あの手の輩には常識は通じないのだと身に染みて感じたことを覚えている。

次は「ウエスタン受け咄」、ジミーだ。ジミーはオレよりも早く談志を知っていて、最初は「小ゑんちゃん、小ゑんちゃん」と云っていたのがいつの間にか「談ちゃん、談ちゃん」になった。こいつはダメだ、ホンとにダメだ。あの世でもきっといろいろと迷惑かけているだろう。確かに唄はいい。英語の発音もすこぶるいい。米軍キャンプで「お前はテキサス生まれか、アラバマか」と聞いて、その地方の訛《なま》りで唄うと、奴ら涙流して喜ぶヨ……とよく自慢していた。でもダメだ。ホンとにダメだ。

四十二の厄年に厄払いと称して川崎大師に六人で行ったことがあった。談志、オレ、ジミー、河岸《かし》のネコさん、美弥のマスター、マネージャーのロープだ。云いたかないがロクなもんじゃない。マトモなのは一人もいない。いやマトモなのはオレだけだ。一応賽銭を放り込み受付に行った。二千円、五千円、一万円とランクがあった。オレは談志に「五千円でいいだろう」と云った。談志は「バカヤロ、効き目は同じだ、これでいい」と二千円で申し込んだ。坐る処は一番低い下段だ。でもナゼか特等席に坐らされた。寺側が気を遣ってくれたのだ。

護摩が焚かれ、大僧正が長いキセルのようなモノで火を掻き回している。「ちゃんと焼けよ！　それひっくり返せよ！」と野次る。後ろにいる談志《あいつ》だ。そのたびに大僧正はオレを睨みつける。まるで落語の「たが屋」だ。終わって大広間に通された。一人ひとりにお膳が出てお神酒《みき》も出た。ジミーは意地が汚いからグイグイ飲んだ。終わると足がフラついていて挙げ句の果てには大山門の柱に手を突いて嘔吐《はき》やがった。ホンとにダメな奴だ。

ジミーの最初のカミさんがオレの中学の同級生というのはホントである。その子はクラスでも目立つ可愛い女の子でオレも大好きだった。卒業してすぐ、当時セリーグに比べて人気のないパリーグが各球団のマスコットガールを募集し、彼女はミスホークスにもなった。その後、伊勢丹に勤め、そこでジミーと知り合い結婚し、で、別れた。ジミーはホンとにダメな男だ。

　金がなくても働かない、寝てばかりいる。唄は上手いがチューニングがベラボーに長い。あとは酒と薬じゃモテる訳がない。やっと死んだ。でも通夜の晩にジミーを見直す出来事があった。談志をはじめ仲間が通夜だというのに飲んでガヤガヤやっていると、いかりや長介さんが駆け込んで来た。そしてジミーの遺体を見るなり声を上げて号泣したのだ。超売れっ子の長さんがこんなにも泣くのか……ジミーはすごい奴だったんだとちょっぴり見直した思い出がある。

　さて、オレのことに移ろう。これは小説だから多少フィクションも許されるのだろうがオレは浅草、龍泉寺生まれじゃない。戦後五年住んだだけだ。龍泉寺生まれで吉原が近く、オヤジが大工の方が小説《はなし》としては面白いだろうが、そうはいかねぇ。まだある。毒蝮に改名しろ（芸人になれ）と口説かれたのは二年とあるが、冗談じゃねぇ、七、八年は美弥で口説かれた。役者だってそこそこ売れていたし、あいつが云うほど下手な役者だとは自分じゃ思ってなかった。それに当時は役者の方が落語家より上という世間一般の認識もあった時代だ。オレの結婚式の司会を談志に頼んだら、「ナンで落語家にやらせてオレ達にやらせねぇんだョ」と役者仲間から文句を云われ「オレの結婚式だろ、だからオレの友達に頼んだんだ」と突っぱねた思い出がある。談志《あいつ》の結婚式の司会も円鏡さんとオレでやった。

だが今、つくづく思う。毒蝮にならず石井伊吉で役者やってたらとっくに仕事もなく、カミさんに食わせて貰っているだろう。あんなに下手だ、下手な役者だと云われなきゃ改名して芸人の世界へ飛び込む決心もしなかったと思う。談志《あいつ》の敷いたレールに巧く乗せられた気がする。ホンとに面倒見のいい優しい奴だ。

オレも彼の云うことをよく聞いた！　改名もし、『笑点』で座布団も運んだ。ダンシ、マムシで漫才もやった。まむしプロの社長にもなった。でも、どうしても「うん」と首を縦に振らないことがあった。政界入りである。

十年以上「政治結社をつくれ、代表になって選挙に出ろ」と云われ、しまいには「応援資金で一億円出す人を紹介する」と赤坂の料亭で政界の黒幕と称された大物《ドン》を紹介されたこともあった。党の名は「ジジババ党」か「孝行党」（落語の「孝行糖」のシャレ）。「お前ならいける、やれよ、やってみろよ」としつっこく云われた。でも身も心も動かなかった。あの談志が云いたいコトも云えない政界なんて真《ま》っ平《ぴら》御免だ。それに女性議員にババアなんて云ってみろ、すぐ懲罰委員会にかけられ進退伺いとなる。断り続けた。街の中でマイクを握って「ババア元気か！」と云っている方がどれほど気楽で楽しいか。

ただ「マムシ受け咄」にある「ボケ防止などというバカな事ぁ止めて安心してボケられる国造りをした方がいい。ジジババ党の総裁となって安心してボケられる国造りを」という件では考えさせられた。昨年公開されヒットした『老後の資金がありません！』という映画にはオレも出ているが、今やこの国じゃ安心してボケられるどころじゃなくなっちまった。二十五年前に「世界経済の王者に成り上がった日本国」と談志《あいつ》が記したこの国の現状を思うとますます暗澹《あんたん》たる思いに至る。ジジババ党はどうあれ、安心してボケられる国造りをして欲しいものだ。

いろいろと書いてきたが、一日も立川談志を忘れたことがない。また一日一回は「談志がね」と口に出している。何度感謝しても足りない位だ。「マムシはいい位置にいる」と晩年よく口にしていた。また事あるごとに「マムシは俺の最高傑作だ」と云ってくれた。目の肥えた芸の塊のような談志がそう云って評してくれたことはオレにとって最高の勲章だと思っている。でも毒蝮三太夫の生みの親は談志《あいつ》でも、育ての親はこのオレだ。

（どくまむし・さんだゆう　俳優・タレント）

『談志受け咄』　一九九七年一二月　三一書房刊

編集付記

一、本書は『談志受け咄』（一九九七年一二月　三一書房刊）を底本とし、副題を付しました。明らかな誤植と思われる箇所は訂正しました。

一、本文中には今日の人権意識に照らして不適切と思われる表現がありますが、作品の時代背景および著者が故人であることを考慮し、底本のままとしました。

中公文庫

談《だん》志《し》受《う》け咄《ばなし》
——家元《いえもと》を笑《わら》わせた男《おとこ》たち

2022年4月25日　初版発行

著　者　立川《たてかわ》談志《だんし》

発行者　松田陽三

発行所　中央公論新社
〒100-8152　東京都千代田区大手町1-7-1
電話　販売 03-5299-1730　編集 03-5299-1890
URL https://www.chuko.co.jp/

DTP　嵐下英治
印　刷　三晃印刷
製　本　小泉製本

Published by CHUOKORON-SHINSHA, INC.
Printed in Japan　ISBN978-4-12-207199-5 C1195

各書目の下段の数字はISBNコードです。978-4-12が省略してあります。

中公文庫既刊より

た-56-1　新釈落語咄　立川談志

古典落語の真髄を現代訳した〝家元〟談志の落語論。「粗忽長屋」から「妾馬」まで珠玉の二十篇に新たに光が当てられ、いま蘇る。〈解説〉爆笑問題・太田　光

203419-8

た-56-3　酔人・田辺茂一伝　立川談志

若き談志が「人生の師」と慕った紀伊國屋書店創業者・田辺茂一。ともに遊んだ昭和のネオン街と華やかな交友関係を振り返る漫談風エッセイ。〈解説〉高田文夫

207127-8

た-56-4　作家と家元　立川談志

吉行淳之介、色川武大、石原慎太郎、伊集院静——三十代から晩年まで、天才落語家が夜ごと語り合った六人の作家との対談、エッセイを収録。文庫オリジナル。

207141-4

あ-79-2　高座のホームズ　昭和稲荷町らくご探偵　愛川　晶

昭和五〇年代、稲荷町の落語長屋。噺家連中が持ち込む謎の数々を解き明かすのは、八代目林家正蔵（のちの彦六）⁉　名人の推理が光る洒脱な落語ミステリー。

206558-1

あ-79-3　黄金餅《こがねもち》殺人事件　昭和稲荷町らくご探偵　愛川　晶

古典落語の名作「黄金餅」を彷彿とさせる怪事件が雪の東京で発生した！　落語界の大看板にして名探偵・八代目林家正蔵が謎に挑む痛快落語ミステリー第二弾！

206645-8

あ-79-4　道具屋殺人事件　神田紅梅亭寄席物帳　愛川　晶

真打ちを目指し、日々修業に励む二つ目・寿笑亭福の助の周辺で次々と謎の怪事件が勃発！　〝落語ミステリ〟の異才が放つ珠玉の三編。〈解説〉宇田川拓也

206722-6

あ-79-6　芝浜謎噺　神田紅梅亭寄席物帳　愛川　晶

二つ目・寿笑亭福の助の元弟子が『芝浜』の稽古をつけてほしいと泣きついてきた。口演が難しい人情噺に拘るのには深い事情が。異色の落語ミステリ三篇。

206808-7

あ-79-7
芝浜の天女 高座のホームズ
愛川晶
天女のように美しい妻の秘密とは？ 女に金に、芸の道に悩める噺家たちが今日も探偵・林家正蔵の長屋へやってくる。落語ミステリー第四弾。〈解説〉広瀬和生
206903-9

い-137-1
本牧亭の灯は消えず 席亭・石井英子一代記
石井英子
講談定席として多くの芸人が集った本牧亭。その席亭として昭和の演芸界を支えた「おかみさん」が語る、笑いあり涙ありの一代記。〈巻末対談〉宝井琴調・神田伯山
207122-3

お-82-4
江戸落語事始 たらふくつるてん
奥山景布子
口下手の甲斐性なしが江戸落語の始祖⁉ 殺人の濡れ衣や綱吉の圧制に抗いながら、決死で〝笑い〟を究めた咄家・鹿野武左衛門の一代記。〈解説〉松尾貴史
207014-1

お-82-5
圓朝
奥山景布子
「怪談牡丹灯籠」を生んだ近代落語の祖・三遊亭圓朝。師匠や弟子に裏切られる壮絶な芸道を歩み、人々に愛される怪物となった不屈の一代記。〈解説〉中江有里
207147-6

か-87-1
歌丸不死鳥ひとり語り
桂歌丸
長井好弘編
貧乏だけど志はあった青春時代から噺の面白さを世に伝える現在まで粋なひとり語りが一冊に。多彩な芸談義「あたしのネタ帳」と口演速記『ねずみ』も収録。
206622-9

か-92-1
桂馬の高跳び 坊っちゃん講釈師一代記
神田山陽（二代目）
明治生まれの若旦那、張り扇片手に芸の道へ。講談を愛し、講談に尽くした「革命家」二代目神田山陽の痛快な一代記。孫弟子・六代目神田伯山による解説収録。
207002-8

あ-60-1
トゲトゲの気持
阿川佐和子
襲いくる加齢現象を嘆き、世の不条理に物申し、女友達と笑って泣いて、時には深ーく自己反省。アガワの真実は女の本音。笑いジワ必至の痛快エッセイ。
204760-0

あ-60-2
空耳アワワ
阿川佐和子
喜喜怒楽楽、ときどき哀。オンナの現実胸に秘め、懲りないアガワが今日も行く！ 読めば吹き出す痛快無比の「ごめんあそばせ」エッセイ。
205003-7

各書目の下段の数字はＩＳＢＮコードです。978－4－12が省略してあります。

あ-60-3
いい女、ふだんブッ散らかしており　阿川佐和子
父の葬式、認知症の母の介護、そして還暦過ぎての結婚……。自らにじわじわ迫りくる「小さな老い」を蹴散らして、挑戦し続ける怒濤の日々を綴るエッセイ。
207162-9

い-2-7
浪漫疾風録　生島治郎
『ＥＱＭＭ』編集長を経てハードボイルド作家になった著者の自伝的実名小説。一九五六～六四年の疾風怒濤の編集者時代と戦後ミステリの草創期を活写する。
206878-0

い-2-8
星になれるか　生島治郎
直木賞受賞、睡眠薬中毒、そして再起へ。一九六四～七八年の綺羅星の如き作家たちの活躍を描く戦後ミステリ裏面史。『浪漫疾風録』完結編。〈解説〉郷原　宏
206891-9

か-2-7
小説家のメニュー　開高　健
ベトナムの戦場でネズミを食い、ブリュッセルの郊外の食堂でチョコレートに驚愕。味の魔力に取り憑かれた作家による世界美味紀行。〈解説〉大岡　玲
204251-3

こ-61-1
ていだん　小林聡美
「鼎談」とは三人が向かい合って話をすること。ミュージシャン、絵本作家、料理人、漁師など三十六人の多彩な人々と、俳優・小林聡美が語り合う、豊かな鼎談集。
207044-8

さ-61-1
わたしの献立日記　沢村貞子
女優業がどんなに忙しいときも台所に立ちつづけた著者が、日々の食卓の参考にとつけはじめた献立日記。工夫と知恵、こだわりにあふれた料理用虎の巻。〈解説〉平松洋子
205690-9

さ-71-1
東京煮込み横丁評判記　坂崎重盛
浅草、赤羽、立石のディープな酒場から銀座、神楽坂まで。うまい煮込みを出す店と、そんな店がある町を不良隠居が飲み歩く。巻末に吉田類との対談を付す。
206208-5

た-24-3
ほのぼの路線バスの旅　田中小実昌
バスが大好き――。路線バスで東京を出発して東海道を西へ、山陽道をぬけて鹿児島まで。コミさんのノスタルジック・ジャーニー。〈巻末エッセイ〉戌井昭人
206870-4

た-24-4
ほろよい味の旅
田中小実昌
好きなもの――お粥、酎ハイ、バスの旅。「味な話」「酔虎伝」「ほろよい旅日記」からなる、どこまでも自由で楽しい食・酒・旅エッセイ。〈解説〉角田光代
207030-1

た-34-5
檀流クッキング
檀　一雄
この地上で、私は買い出しほど好きな仕事はない――という著者は、人も知る文壇随一の名コック。世界中の材料を豪快に生かした傑作92種を紹介する。
204094-6

た-34-4
漂蕩の自由
檀　一雄
韓国から台湾へ。リスボンからパリへ。マラケシュで迷路をさまよい、ニューヨークの木賃宿で安酒を流し込む。「老ヒッピー」こと檀一雄による檀流放浪記。
204249-0

な-73-1
麻布《あざぶ》襍記《ざっき》　附・自選荷風百句
永井　荷風
東京・麻布の偏奇館で執筆した小説「雨瀟瀟」「雪解」、随筆「花火」「偏奇館漫録」等を収める抒情的散文集。初の文庫化。〈巻末エッセイ〉須賀敦子
206615-1

な-73-2
葛飾土産
永井　荷風
石川淳が「戦後はただこの一篇」と評した表題作ほか、短篇・戯曲・随筆を収めた戦後最初の作品集。久保田万太郎の同名戯曲、石川淳「敗荷落日」を併録。
206715-8

な-73-4
小説集　吉原の面影
永井荷風／樋口一葉
広津柳浪／泉　鏡花
荷風に誘われて遊里をゆく。永井荷風「里の今昔」、樋口一葉「たけくらべ」、広津柳浪「今戸心中」、泉鏡花「註文帳」を収録。文庫オリジナル。〈解説〉川本三郎
206936-7

な-59-1
遺し書き　仲代達矢自伝
仲代　達矢
「陰気は私のコンプレックスだった」。貧しさと飢えの中で育ち、敗戦で人間不信に陥った少年は、ある女性と出会い名優への道を歩み出す。渾身の自伝。
205344-1

ひ-9-2
ド・レミの子守歌
平野　レミ
できた！　産まれた！　さあ子育てのはじまり！　レミさんが新品のママになった時のことを明るく語る。みんなを幸せにするレミさんの魔法がいっぱいの本。
205812-5

各書目の下段の数字はISBNコードです。978－4－12が省略してあります。

わ-25-2 **ことばの波止場** 和田　誠

戦時中の替え歌、落語に訳詞。しりとり、回文、アナグラム。マザーグースにクマのプーさん。長年かけてこつこつ集めた、大人が楽しいことばの遊び。

206887-2

わ-25-4 **旅の絵日記** 和田　誠／平野　レミ

レミさん和田さんが息子二人と旅に出た。フランス・スペイン・モナコ・イタリアを巡った一九八九年の夏休み。たくさんの絵と愉快な文章に心はずむ旅の記録。

207159-9

く-25-1 **酒味酒菜** 草野　心平

海と山の酒菜に、野バラのサンドウィッチ……。詩作のかたわら居酒屋を開き、酒の肴を調理してきた著者による、野性味あふれる食随筆。〈解説〉高山なおみ

206480-5

ま-17-14 **文学ときどき酒** 丸谷才一対談集 丸谷　才一

吉田健一、石川淳、里見弴、円地文子、大岡信ら一流の作家・評論家たちと丸谷才一が杯を片手に語り合う。最上の話し言葉に酔う文学の宴。〈解説〉菅野昭正

205500-1

よ-17-10 **また酒中日記** 吉行淳之介編

銀座や赤坂、六本木で飲む仲間との語らい酒、先輩たちと飲む昔を懐かしむ酒――文人たちの酒にまつわる出来事や思いを綴った酒気漂う珠玉のエッセイ集。

204600-9

よ-17-9 **酒中日記** 吉行淳之介編

吉行淳之介、北杜夫、開高健、安岡章太郎、瀬戸内晴美、遠藤周作、阿川弘之、結城昌治、近藤啓太郎、生島治郎、水上勉他――作家の酒席をのぞき見る。

204507-1

よ-5-11 **酒　談　義** 吉田　健一

少しばかり飲むというの程つまらないことはない――。飲み方から各種酒の味、思い出の酒場まで、ユーモラスに綴る究極の酒エッセイ集。文庫オリジナル。

206397-6

よ-5-8 **汽車旅の酒** 吉田　健一

旅をこよなく愛する文士が美酒と美食を求めて、金沢へ、そして各地へ。ユーモアに満ち、ダンディズムが光る汽車旅エッセイを初集成。〈解説〉長谷川郁夫

206080-7